한밤의 지도

خرائط منتصف الليل

한밤의 지도

한 이라크 망명 작가의 지중해 문명기행

알리 바드르 저 | 김정아 역

실천문학사

일러두기

1. 이 책은 알리 바드르의 『한밤의 지도』를 아랍어 원전에서 직접 옮긴 것이다.
2. 독자의 편의를 위하여 책 뒤에 역주를 붙였다.
3. 이 책에 나오는 인물들에 대해서는 따로 주를 붙이지 않았다. 대신 책 뒤에 이들을 한꺼번에 소개하는 〈인물사전〉을 붙였다.
4. 이 책의 외래어 표기법은 가능한 한 국립국어원의 기준을 따르되, 일부 관례를 따르거나 현지 발음과 유사하게 적는 경우도 있음을 밝힌다.

차례

2장 테헤란: 시장, 사원 그리고 시인

3장 알제: 나는 불꽃이고, 나는 신들의 몫이다

프롤로그

베이루트로 가는 증기선에서 나는 아르튀르 랭보로 하여금 아프리카로 이주하게 만들었던 시의 한 구절을 떠올렸다.

"영웅주의로 물든 하늘은 밤에 가깝지, 낮의 조짐을 보이지는 않는다… 진짜 인생은 거기 …다른 곳에 있다."

오늘 내가 다른 곳으로 여행을 떠나고, 돌아올 수 없는 곳에 가는 꿈을 꾸고, 피난처나 불가능한 장소에 도착하는 꿈을 꾸고, 파라다이스의 은유적인 형상을 꿈꾸도록 하는 자는 과연 누구인가? 우주의 존재를 위한 성스럽고 비기계적인 사상? 아니면 우리의 동양적 문학의 최초 근원? 그것은 불분명하고 묘사하기 힘든 아름다움으로 둘러싸인 세상을 추구한다는 뜻이다.

꿈은 지상의 파라다이스나 알려지지 않은 장소를 끝없이 구체화한 것이 아닌가?

그리스의 짙은 안개는 풍경을 가린다. 증기선의 포효하는 소리, 여자들을 유혹할 만한 의상을 입은 선원들과 여행객들의 입경(入境), 증기선이 정박 중 내는 엔진과 사이렌 소리에 섞인 이야기 소리, 끊임없이 울려대는 종소리. 그 와중에 나는 전쟁을 생각하고, 멋진 여행과 이주 그리고 여러 곳의 피난처를 생각하고 있었다. 그러나 이 모든 것은 우리가 떠올렸던 수많은 질문들 중 어느 하나에도 답을 주지 못할 것이다. 나는 풍경을 가리고 있는 어둠보다 훨씬 더 혼란스럽고 불분명한 종착지를 생각하고 있었다. 나는 많은 형태를, 또 셀 수 없이 많은 얼굴들을 생각하고 있었다. 이 모든 것들은 분명 여러 의견과 판단에 모순되는 것이다. 나는 우리가 의욕에 넘쳐 밝혀낼 미지의 세계를 생각하고 있었다. 우리가 그 자취를 따라가곤 했던 불분명한 길들에 대해, 혹은 최소한 사람들에게 위대한 꿈의 상징으로 일컬어지는 광경을 추구하는 것에 대해 생각하고 있었다. 그 위대한 꿈은 다름 아닌 결정적인 운명을 향해 돌진하는 것이다. 그렇다. 우리 중 어느 누구도 오늘날까지 미지의 언어 혹은 미지의 뿌리에 대한 소식을 전달하지 않았다. 사실 오래 전부터 인류는 지구상에 지리학적으로 거대한 발견을 전하지 않았다. 그러나 나는 알고 있었다. 예술은 불분명한 세상에서 끊임없이 무언가를 찾고 있었으며 최종 답안은 결국 알려지지 않은 것이라는 사실을.

탐험가들의 여행과 다를 수밖에 없는 우리의 여행은 어떤 답을 줄 것인가? 탐험가들은 비단길을 따라 사막을 횡단하거나 어둡고 협소한 산길을 걷는다. 그들은 그렇게 빛나는 색채로 예술가들의 꿈을 실현시키거나, 풍부한 초목으로 사막 거주자들의 꿈을 실현시키거나, 황금나무로 농부의 꿈을 실현시키거나, 풍요로운 과일로 가난한 자들의 꿈을 실현시키거나, 혹은 넘쳐나는 보석으로 상인의 꿈을 실현시킨다. 그리고 대개 그런 보석은 전설의 세계가 중세에 감추었던 보물을 의미한다.

우리의 여행들은 어떤 답을 줄 것인가? 그것들은 더 이상 위대한 탐험가의 지도 밖이나 그들 국가의 영토 밖에서 종교적인 미지의 대상을 발견했던 것처럼 간주되지 않았다. 과거에는 적어도 여행이 사람들을 유혹하는 형이상학적 질문에 답을 주었고, 우주의 신비한 이미지를 파괴하거나, 그 여행의 영향으로 성운의 공간, 진느(정령), 죽음의 나락으로 추락할까 두려워하는 마음을 없애주었다.

1754년 이래로 이 세계는 더 이상 미지의 것이 아니었다. 계속해서 반복된 것은 역사의 광적인 전쟁과 군대의 파병이었다. 이는 아이들의 공격, 즉 "십만의 기독교 어린이들이 앞 다투어 예루살렘으로 향했고, 결과적으로 그들은 붙잡혀서 노예가 되었다"는 의미와 마찬가지이다. 여행자의 세상은 매우 쉽고 단조롭다. 환상적이고 경이로운 세상의 종말은 우리 시대의 오점이 되었다. 이렇게 해서 시인 바라이으의 우주에 대한 연시는 모두 끝났고, 에덴동산도 깊이 있는 대화와 함께, 그리고 소식, 망상, 안티고네의 불복[1]을 떠도는 소문으로 만들었던 광기의 공격과 더불어 종말을 고했다.

그렇다면 인류가 정보의 홍수 속에서 전설을 모두 짓밟아버린 현재 우리의 여행이 답할 수 있는 질문은 무엇인가? 여행정보의 출처가 종교적인 광신, 정치적인 대체 이론, 합리주의, 계몽주의, 유토피아의 개념에 대한 것과 마찬가지로 여행을 도와주는 인류학, 민족지학, 자연과학의 지식이 넘쳐나는 상황에서 과연 우리의 여행은 무엇으로 답할 것인가?

위대한 고전주의적 사고가 헌정한 낭만주의적인 여행이 이미 사멸한 이후, 그리고 합리주의와 우주를 휩쓸고 간 속인주의 아래서 선교 여행이 사멸한 이후, 우리의 여행은 무엇으로 답할 것인가? 심지어 이렇게 변절해버린 합리주의는 비잔틴을 방어하던 방법과 같은 모습으로 종교 전쟁을 재발시키기도 한다. 안드레아 미카일이 말했던 것처럼 이 시대는 우리에게 불면을 촉구한다. 이 시대가 우리에게 불면을 촉구하는 것은 새로운 것을 보고 정보를 전했던 여행자들을 통해서이다. 이는 어떤 경우라도 우리가 본받아야 할 일이다. 서양을 목도했던 여행자들은 우리에게 자연스럽게 이야기를 전달했다. 이 모든 노력이 있은 이후 우리는 "그 누구도 파르게스탄[2]에 대해 제대로 알고 있는 자는 없다"고 외친 줄리앙 그라크의 비명에 답하고 있는 자신을 발견한다.

나는—지금 막 여행에서 돌아 온 터이다—감동적인 이 모든 경험, 다시 말해 우리를 여행하게 하는 모든 경험을 해 본 이후에 말하건대, "시르트 바다 너머에 있는 오르세나를 위해 할 수 있었다"고 해도 부끄럽지 않을 것이다. 그라크의 주인공이 기대했던 것처럼, 우리가 기대했던 것처럼, 다른 이들이 기대했던 것처럼. '나타나엘'![3] 당신은 땅의 자양분을 찾고, 이 시대는 과도한 혁명 아래 이슬람의 성지순례 여행을 줄였으며, 비잔틴 유적을 찾는 수도승들의 순례여행도 줄였다. 또한 이 시대는 동양의 장식과 관습 그리고 행동에 그 뿌리를 두고 있는 여러 가지 이야기들을 축소시켰고, 회상록과 군대 이동의 가치를 절하했고, 뱃사람들의 모험과 그들의 대답을 가치 없는 것으로 만들어버렸다. 결국 미지의 대륙은 누구든 원하기만 하면 알 수 있고 볼 수 있는 곳이 되었다.

그렇다면 예술과 미학이 풍요로워진 이 시대에 미지의 세계는 과연 어디란 말인가?

우리는 이미 오래 전부터 새로운 세계를 발견했다는 놀랄 만한 소식을 듣지 못했다. 예전에는 이븐 파들란이나 카르스텐 니부르 같은 위대한 인물들이 이루어낸 업적처럼 위대한 발견이나 역사적 정복전도 없지 않았지만, 이제 여행기는 관광여행사의 판촉 광고와 흡사해졌다. 현대 즉, 시르트 해의 영웅에 대해 이야기하는 이 시대는 사막을 통과한다는 생각을 종식시켰다. 바로 그런 생각은 이븐 바뚜따 혹은 땅의 자양분을 찾아 나선 앙드레 지드의 인물 나타나엘에게서나 찾아볼 수 있다. 그때는 안내서나 정해진 목표도 없는 대상(隊商)의 무리와 함께 떠나더라도 길을 잃을지 모른다고 생각하지는 않았다. 이렇게 해서 탐험가들의 이야기는 끝이 났고, 대신 그 자리에 퇴직자, 지식인, 문학가 그리고 재능 없는 신문쟁이들의 여행이야기가 들어섰다. 이제 사막과 바다에서 길을 잃고서도 끝까지 길을 개척하고 보존했던 위대한 이들의 기록은 끝난 것이다. 그곳에서 시야를 잃고 고립된 채 고통 받으며 겨우 불을 밝히는 것만 가능했던 안내원들이 용기와 힘을 낼 것이라고 생각할 수는 없다. 따라서 그 '영웅'은 어둠 속에서 죽어간 순수한 영혼을 제대로 판단하지 못함으로써 대다수의 명예를 더럽히게 된다.

물론 낯선 것에 대한 광적인 사랑은 오늘날까지도 멈추지 않았다. 그러나 이는 잿빛 우주 공간, 석탄, 매연, 검댕, 진흙으로 덮인 거대 도시에서 살았던 사람들로부터 오는 것이 아니다. 비록 우리가 태양 아래 살고 있지만, 태양에 대해 망상을 지녔던 자로부터 나오는 것도 아니다. 낯선 것에 대한 광적인 사랑은 육체적인 부활에 대한 바람이다. 이렇게 볼 때 여행은 향기에 대한 거만한 호기심이라 할 수 있다. 낯선 것에 대한 광적인 사랑은 여행의 언어를 일관적인 것으로 만들지 않는다. 그러나 우리는 앞서 말했던 서구의 여행자들이 그랬던 것처럼, 놀라운 것에 대해 헛된 생각을 한다. 망상이란 네르발이 괴테에게 이집트 여행을 끝내고 보낸 서신에서 언급했던 바로 그것을 말한다.

이제 가장 큰 질문이 남아있다. 그것은 죽음, 사람과 장소의 죽음을 책임지고 있는 질문에 저항하는 것이다. "우리는 어떻게 장소를 발견하는가?" 어떻게 우리는 불행으로부터 멀리 있는 장소, 그리고 친숙한 모든 것과 거리가 먼 장소를 발견하는가? 나는 여기서 결코 알려지지 않은 장소를 의미하지 않는다. 왜냐하면 그것은 절대적인 미지의 장소로 간주되지 않았기 때문이다. 그 이유는 이 시대에 우리가 직면하고 있는 정보의 홍수 때문이 아니라 서양의 전설이 추락했기 때문이다. 그렇다면 내게 미지의 것은 무엇인가? 그것은 능동적인 의미이지 결정이나 판단을 위한 우주의 중심은 아니다. 그렇다면 이제 가장 어려운 질문이 남아 있다. 그것은 미지의 세계가 멸망한 이후 그 장소를 찾는 방법론에 관한 것이다.

나는 처음 이스탄불에 도착하던 때를 떠올린다. 우리는 해변의 조약돌로 된 둑 위를 걷고 있었다. 땅거미가 어둑어둑 지고 있었고, 엷은 밤의 어둠 속에서 보슬비가 우리 얼굴을 적시고 있었다. 그 순간 망각이나 수면과 흡사한 낯선 느낌이 찾아왔다. 바다 깊은 물로 꽂히는 어둠의 움직임, 철썩이는 파도의 비명, 그리고 내 구두 옆에는 신선한 풀이 있었다. 나는 내면에서 고동치는 격한 눈물을 느꼈다. 그 눈물은 나를 무기력, 수면, 피로, 망각으로부터 막아주었다. 나를 비추는 어떤 것. 나를 춤추게 하고, 물과 더불어 음을 맞추게 하고, 바다와 공간과 모래와 하나가 되도록 하는 그 어떤 것. 여행은 단순함 바로 그것이다. 여행이란 느낌을 살아 숨쉬도록 하고, 육체를 부활시켜 새로워지도록 하는 것이다. 느낌은 적극적으로 언어의 육체를 새롭게 만들고 그것이 굳어서 소멸되는 것을 막아준다. 그것은 언어의 육체를 뿌리째 흔들며, 우리의 열정과 더불어 청춘의 박동을 창출한다. 여행은 느낌이다. 다른 말로 하자면, 지식과 자유에 온몸을 바치는 것이다. 정신과 피와 육신에 불을 밝히는 것이다. 새로워진 시야를 허락하는 좁은 길에 불을 밝히는 것이다. 위대한 여행자는 인간의 생명과 대지의 수명, 그 장소의 정신에 대한 생각으로 머리가 가득 찬, 길 잃은 시인이다. 위대한 여행자는 고귀한 근본을 지닌 신비한 시인이다. 장막을 걷어내는 선구자이고 비밀로 가득

찬 자이다. 그 시인은 약간 야만적이고 또한 동물적이기도 하다. 왜냐하면 그는 굶주린 맹수처럼 아름다움을 범하기 때문이다.

여행은 여러 도시의 지도 위에서 한낮의 기쁨을 찾고, 불분명한 경험 중에 탐욕적이고 세속적인 것이면 어떤 것에나 영향을 주는 장소를 찾는 것이다. 또한 여행은 근심이고, 떠나고 돌아오는 헤어짐이고, 물화(物化)를 위해 노래하는 시인으로 변화하는 차가운 대지이고, 연속, 집중, 과밀 따위를 잘라버리고 여러 형상으로 파열하는 도시들이다.

여행은 새로운 시선과 정신으로 여러 도시들을 보게 한다. 그것은 도시들을 변화시키고 활기를 불어넣어 주고 가치를 부여함으로써 새로워지도록 한다. 따라서 우리는 이미 익숙해져 더 이상 바라보지 않던 도시들을 다시 한 번 타인의 눈으로, 그 도시에 새로운 이미지와 깊은 시선을 선사하는 여행자의 눈으로 바라보게 될 것이다. 우리 역시 우리에게 비쳐졌던 것과 다르게 도시를 바라볼 것이다. 이렇게 해서 다른 이들도 익숙했던 그들의 도시를 우리의 눈으로 보게 될 것이다.

여행은 한편으로 시인에게 바쳐지고 다른 한편으로는 진실에게 바쳐진다. 이는 긴장과 투쟁이다. 그런데 이 투쟁은 진실에게 실존주의적인 내용을 허락하고 존재의 정신을 부여한다. 즉, 그 장소는 우주공간이 상상, 물질 혹은 고체가 되는 것을 막아버린다. 그리고 존재가 살아 숨쉬도록 변화시킨다. 여행은 그 장소에게 파라다이스의 열쇠를 내준다. 예를 들면, 장소는 언어에게 생의 영속성을 허락하고 또한 언어를 새롭게 한다. 그러므로 언어를 통해 새롭게 된 장소는 언어에 영향을 주고 새로운 이미지와 새로운 언어와 새롭고 창조적인 주체가 된다. 이는 장소를 새롭게 만들고, 다양한 형상과 이야기 그리고 동정심으로 부유하게 만드는 것이다. 그래서 시인들은 그들 자신과 불분명한 언어 그리고 그들의 형상과 생을 새롭게 해줄 장소를 찾아 여행한다. 이렇듯 언어와 장소 간의 상호 교류 관계는 결정적으로 죽음, 언어의 죽음, 혹은 장소의 죽음에 승리한다. 이는 마치 존재가 그 피조물과 또는 창조주와 대화하기 위해 새로워지는 것과 같다. 이것은 불이다… 이 방면으로 우리에게 온 영원한 불. 우리는 그 불이 대지에 끼치는 영향을 목도한다. 마치 괴테의 시에서 볼 수 있듯이.

배가 느린 발걸음으로 앞으로 나아갔을 때
영혼은 빈 공간에 떠있는 달콤한 빙산 같아 보였다.
그들이 부드러운 침묵에 귀 기울이며 불면의 밤을 지새울 때
그들은 반쯤 깨어난 펠리칸의 침묵에 귀 기울인다.
저 멀리 헛간의 문앞에서 짖어대는 개

잠든 위대한 강을 위해 속닥속닥 속삭이는 소리.

1장

이스탄불

: 그랑 바자르의 그림자에서

위대한 도시에 도착하다

처음으로 이스탄불 땅을 밟았을 때 나는 이미 앞서 발을 디뎠던 그 어떤 곳보다 이곳을 더 잘 알고 있다고 느꼈다. 역사는 어떤 경우라도 그냥 무시하고 넘길 수는 없지만, 난 여기서 역사에 대해 이야기하자는 게 아니다. 내가 이런 보통의 감정을 지니고 넘어 온 이곳 이스탄불은 역사의 도시라고 불린다. 이스탄불은 역사를 생산해냈고 역사를 임명하고 대중화했다. 뿐만 아니라 지난 5세기 동안 끊임없이 사람들을 분주하게 만들어 역사를 생성해냈다.

하얀 구레나룻 끝이 뾰족뾰족한 운전기사는 꽤나 나이가 들어 보였다. 푸른색 셔츠를 입고 진홍색 모자를 쓴 그는 이스탄불의 동

북쪽에 있는 아타튀르크 공항에서 베이올루 지역에 있는 필라주르크 호텔까지 오는 동안 내내 침묵했다.

보스포루스 해협에 진입하기 전 나는 파리의 에페출판사에서 발행한 이스탄불 여행 안내서를 이리저리 넘겨보고 있었다. 이 여행 안내서는 터키 여행에 푹 빠진 프랑스 친구가 보내준 것인데, 그녀는 테오필 고티에의 터키 여행기 중 한 구절을 표지에 적어 보냈다. 하지만 이 책자는 간단한 정보와 도시 전반에 대한 일반적인 사항만을 담고 있었다. 현재 내가 있는 이 장소와 차창 밖으로 분주하게 지나가는 곳들은 여행 안내서에 소개되어 있던 일반지명을 달고 내 머릿속에 떠오르고 있었다. 해안도로에서 운전기사가 내 쪽으로 몸을 기울일 때 보았던 증기선은 사람들이 너무 많아서 금방이라도 가라앉을 듯했다. 마치 피난민을 가득 싣고 있는 것 같았다.

아침의 이스탄불은 사랑을 듬뿍 받은 꽃과 돌의 향기를 풍기고 있었다.

시르케지에 도착한 이후 운전기사는 차를 천천히 몰기 시작했다. 그리고 보스포루스 해협을 건너가는 다리를 향해서 커브를 틀었다. 날씨는 생기를 불어넣은 듯 상쾌했고, 바다에서 불어오는 차갑고 거친 바람이 차창을 통해 얼굴을 때렸다. 교통은 더 혼잡해졌고, 거리는 행인들과 자동차들로 만원이었다. 참새들은 말끔히 씻긴 보도 위에서 빈둥거렸고, 우리 차 뒤에 있던 여러 대의 스쿨버스에는 터키 학생들이 정렬한 채 앉아 있었다. 오가는 사람들, 특유의 복장을 한 선원들이 넘쳐났고, 경찰들은 그리스인을 환영할 준비가 되어 있다는 듯 줄지어 서 있었다.

여행객들이 배에서 내렸다. 다리 난간에서는 한 무리의 사람들이 낚시를 하고 있었다. 또 다른 이들은 땅바닥에 주저앉아 무료함이나 영웅담 혹은 시골의 절망을 주제 삼아 이야기하고 있었다.

내가 들고 있는 여행 안내서에는 갈라타 궁전에서 베이올루까지 한 선으로 여정을 표시하고 있지만 현실의 땅에는 존재하지 않는 것이었다. 조금씩 인내심을 잃기 시작한 운전기사는 있는 힘껏 클랙슨을 눌러대기 시작했다. 그는 바야흐로 이스탄불에서 정오의 혼잡을 통과하려는 참이었다. 도로 양쪽으로 늘어선 음식점들은 점심 준비를 끝냈고, 웨이터들은 여기저기 밀려드는 주문에 큰 소리로 응대하느라 녹초가 될 지경이었다. 모든 것이 생기가 넘치고 살아 숨쉬는 듯 보였다. 상점의 문들은 활짝 열려 있었고, 활기찬 여행객들은 여기저기 다니며 새로운 곳을 탐색해보는 중이었다. 사람들은 태양 아래 흩어지고, 바다의 파도는 높이 넘실거리고, 지붕의 굴뚝도 여럿 보였다. 전통적인 터키의 모습 같은 것은 어디에도 없었다. 튼튼하게 꼬인 콧수염, 커다란 모자, 플란넬 바지, 카키색의 탄띠, 구멍이 있는 신발, 우리가 한 세대에서 그 다음 세대로 전달해 준 로맨스 풍의 구두.

전통적인 터키의 모습은 진작 현대 터키의 모습에게 자리를 내준 것이었다. 터키인들은 콧수염을 밀어버렸고, 서양식 의복을 입었으며, 런던이나 파리 혹은 토론토의 젊은이들처럼 여자 친구를 포옹한다.

"탁심 광장[4]에 도착했습니다."

운전기사가 말했다. 그의 말은 옳았다. 여행 안내서에 인쇄된 모습 그대로였다. 안내서의 사진이 서서히 움직이기 시작해 현실이 되어버린 것이다. 작은 새들이 날다가 광장에 내려앉았고, 연인들은 바닥에 새 모이를 던졌다. 서른 줄의 사내가 광장의 나무벤치에 앉아 있었는데, 여자 친구가 그쪽으로 오고 있는 모양이었다. 중년의 여인이 새 모이를 팔고 있었다. 또 다른 여자는 가방을 무릎에 올려놓은 채 광장을 바라보며 오래도록 앉아 있었다.

운전기사가 입가에 고요한 미소를 머금은 채 나를 바라보았다. 내가 간단한 터키어로 말한 것이 그를 고무시켰는지 장황한 이야기를 늘어놓기 시작했다. 나는 거의 알아듣지 못하면서도 맞장구를 쳤다. 그의 얼굴 표정과 제스처가 내 호응을 원했기 때문이다. 나는 한편으론 그를 보고 다른 한편으론 내 앞에서 나를 유혹하며 움직이는 풍경을 보고 있었다. 나는 몇 마디 안 되는 터키어로 그에게 답했다. 짧은 터키어로 그를 편하게 하고, 그에게 귀 기울일 준비가 되어 있음을 알리거나, 그의 말에 직접 끼어들었다. 그는 우리 차가 교통신호에 걸려 멈춰 있는 동안 급하게 끼어드는 여자들의 다리나 궁둥이에 눈길을 주고 있다가 가끔씩 내 시선을 살폈다. 그가 한두 문장을 이을 때마다 나는 소리 내어 웃었다. 가끔 그는 손으로 농지거리를 표현했는데 물론 나는 그 진짜 의미를 이해하지 못했다.

탁심 거리에 도착하자 운전기사는 벽에 그려져 있는 '주하'[5]의 대형 그림을 손으로 가리켰다. 파란불이 켜졌고 우리 차는 북적이는 자동차들의 행렬에 섞였다. 우리는 샤와르마[6] 식당들이 늘어서 있는 지한로(路) C에서 다시 한번 멈췄다. 그곳 독립역에 빨간색 전차가 정차해 있었다. 방수 재질의 가방을 든 여자가 급하게 달려와 전차에 올라탔다. 전차 문이 소리를 내며 열리고 닫혔다. 운전기사는 누군가를 향해 터키어로 욕을 했다. 길가에는 상점들이 도열해 있었다. 신문, 책, 잡지를 파는 매점들, 커피, 주스, 아이스크림을 파는 상점들, 담배 가게, 이발소 등등.

운전기사는 지한로에서 대형 유리로 된 호텔 문 앞에 차를 세우고 재빨리 내리더니 운전석 문을 열어둔 채로 가방들을 내렸다. 가방은 호텔 종업원에게 인도되었다. 우리 뒤에 늘어서 있던 자동차들이 신경질적으로 경적을 울려댔다. 나는 얼른 내려 주머니에서 터키 지폐를 꺼냈다. 터키 지폐가 익숙하지 않은 탓에 약간 굼뜬 동작으로 그의 손에 돈을 내려놓기 시작했다. 그사이 경적 소리는 더욱 커졌다. 한 여자는 머리를 아예 창밖으로 내놓고 신경질적으로 불평을 터뜨렸다. 다른 남자는 욕을 하고, 또 다른 사람들은 차를 빼라며 운전기사를 다그쳤다. 그들 모두 놀라서 나를 바라보았다. 운전기사는 당황하기 시작했다. 그에게는 잔돈이 없었다. 내가 말했다.

"백만 리라 갖고 어서 가세요… 요금을 그렇게 정했잖아요!"

그는 미소로 내게 고맙다 말하고 요금을 주머니에 챙겨 넣었다. 그리고 황급히 차에 타더니 독립로를 향해 총알같이 내달렸다.

호텔로 들어섰다. 그다지 큰 건물은 아니고 3성급 규모였는데 그게 오히려 친근감을 주었다. 나는 로비로 들어서서 프런트의 여직원 쪽으로 향했다. 그녀 앞에서 몇 장의 서류와 여권을 꺼냈다.

"이라크인이시네요."

"네."

"환영합니다."

그녀는 미소로써 객실 예약이 잘되었다는 걸 표시하면서 내게 종이 한 장과 객실 열쇠를 건네주었다. 나는 그녀에게 바다와 마주보는 방을 원한다고 터키어로 말을 걸었다. 그녀는 내 말을 이해하지 못한다는 듯이 미소를 지으며 옆에 있는 청년을 바라보았다. 그 청년은 내 말을 단번에 알아들었는지 내게 미소를 지어 보였다. 청년은 여직원에게 내가 이라크의 튀르크어를 사용한다고 하더니 내게 말했다.

"여기서는 현대 터키어만 씁니다."

결국 나는 호주머니에서 터키어 학습서를 꺼내 그에게 보여주었다. 그러자 그는 소리 내어 웃었다. 왜냐하면 그는 라틴어 문자만 읽을 수 있었기 때문이다. 터키에서 사용되는 문자는 이미 백 년 전에 아랍어에서 라틴어로 변경되었다. 우리는 왜 웃는지 이유도 모르고 함께 소리 내어 웃었다.

여직원이 살짝 자리에서 일어났다. 예쁘고 날씬했다. 짧은 스커트에 소매 없는 윗옷을 입고 있었다. 로비로 걸어 나오더니 앞장서서 나를 계단 쪽으로 안내했다. 오늘 엘리베이터가 고장이라고 했다. 이 아름다운 아가씨는 델포이[7]의 여자들을 생각나게 했다.

나는 그녀 앞에 멈춰 섰다. 로비는 슬픈 공간에서 나온 손님들이 떠난 후 슬피 울고 있었다. 양쪽 벽에 걸려 있는 등불은 밝게 빛나고, 샹들리에도 아직 꺼지지 않았다. 그 장소의 깊숙한 곳에서부터 맥주 냄새와 담배 연기, 낯선 향수냄새가 퍼졌다.

내가 묵을 방 앞에 두 명의 직원이 내 가방들을 든 채 기다리고 있었다. 나는 곁에 있는 여자에게서 마법을 느꼈는데, 그녀의 향기는 특이하고 움직임은 단아했다. 나는 그들에게 다가가 방문을 열었다. 우리는 방안으로 들어섰다. 네모난 침대, 정갈한 탁자, 양탄자, 침대시트, 타월, 기다란 책상을 부드러운 조명으로 비추는 모퉁이의 전등. 발코니가 한 면은 바다를 향해 길게 나 있고, 다른 한 면은 지한로를 향하고 있었다.

나는 철제 창살 앞에 섰다. 눈앞에 펼쳐지는 풍경이 이미 즐거웠다. 바다는 푸르고 고요했다. 해안에는 대형 증기선이 정박해 있었는데, 여러 척의 작은 낚싯배도 보였다.

이스탄불의 다른 쪽 연안에는 블루 모스크와 대술레이만 모스크, 성 소피아 사원, 톱카프 궁전이 있었다. 나는 앉아서 풍경을 응시하며 완벽한 휴식에 돌입했다. 나는 멀리 언덕 자락과 바다의 안개에 감춰진 썰물, 그리고 주변에 거대한 나무들을 감싸고 이동하는 군대의 항해, 해안도로 매점에 쌓여 있는 과일 열매들, 다리 위에서 혹은 짙은 그림자 아래서 노래하는 여름, 카페에선 가깝고 도로에선 먼 침묵, 새가 새장을 향해 붙어있는 사랑, 웨이트리스의 실수가 전달하는 슬픈 자유, 보도에서 즐거워하는 바다를 바라보았다. 바다는 푸르고 긴 국자모양으로 바위까지 뻗어나갔다. 이보다 더 아름다운 풍경이 있을까?

그 여자들은 물론 터키 여자들이었다. 델포이의 여자들처럼 …… 그러니까 내 말은 키가 작고 예쁘게 생긴 여자들은 낮 시간 내내 두 팔을 바삐 움직여 비단을 짓는다는 것이다. 키가 작은 여자들은 등잔과 흡사했다. 그들의 정신은 수증기이고, 그들의 왕관은 향수였다. 그들은 얼굴을 하늘로 향한 채, 등을 둥글게 말아 보이면서 바다를 향해 나아갔다. 그들의 슬리퍼는 보도의 타일을 밟지 않고, 그들의 이야기는 알려지지 않으며, 그들은 종소리 없이 길을 다니지 않으며, 그들의 얼굴은 보이지 않는 달과 같고 입술은 촉촉한 밤과 같다.

보스포루스 해변

보스포루스 해변에서… 나는 울타리들과 여린 꽃이 줄지어 높은 막대기로 기어오르는 모습을 바라보고 있었다.

보스포루스 해변에서 나는 밝게 빛나는 한낮을 깊게 관통하는 다락방의 창문들과 돌탑 위로 펄럭이는 깃발들, 멀리 있는 성의 담벼락을 타고 오르거나 돌집을 감싸 안은 담쟁이덩굴, 옛 이스탄불의 교회들과 거대한 수도원들을 에워싼 나무들, 이슬람 사원의 분수, 교회의 성상, 황금 돔 지붕, 성당, 그곳의 대리석 기둥들, 그리고 어둠을 섞은 불빛 속에서 반짝이며 빛나는 유리창, 이 모든 것들을 바라보고 있었다.

이렇듯 단순하고 중립적인 광경은 현실세계보다는 상상의 세계에 더 많이 의지하게 하는 마법의 단어를 들을 때마다 내 기억을 괴롭힌다, 이스탄불.

그 작은 여자가 내 방에서 나간 후 하늘을 빼고는 아무것도 바라볼 게 없었다. 하늘은 흰빛이 감도는 푸른색에서 짙은 푸른색으로 변하고 있었다. 벽에 기대서서 거리를 바라보았다. 독립로에서 오는 자동차와 사람들로 혼잡한 물결이 해안도로를 향하고 있었다. 혼잡은 아직 끝나지 않았다. 소형 자동차들, 대형 버스들, 택시들, 카페, 식당, 상점 앞으로 지나가는 사람들. 새들은 멀리 돔 위를 맴돌고, 지평선은 그 뒤에서 선명한 빛으로 불타고 있었다. 먼 곳을 바라볼 수 없었다. 나는 솜같이 생긴 아름다운 흰 구름을 뒤쫓는 걸 잊고 있었다. 바람이 불어 마르마라 해[8]에 있는 섬들 쪽으로 구름을 몰아붙였다. 나는 지한로에 있는 꽃가게에서 들려오는 여자들의 부드러운 음성, 시동을 거는 자동차의 경적 소리, 카페 웨이터의 움직임, 유흥장과 바가 들어선 이후 러시아, 미국, 그리스, 불가리아에서 몰려드는 관광객들을 잊고 있었다. 나는 두 눈을 하얀 돌무더기와 멀리 있는 섬들에 고정시키지 않았고, 안개에 덮여 점점 사라지는 수평선에도 고정시키지 않았다. 나는 다른 하늘의 영역과 마르마라 해의 잉크 빛 푸른색을 품고 있는 하늘을, 그리고 보스포루스 해협에 떠 있는 낡은 배들과 상인, 뱃사람, 해적 들은 결코 닿지 못하고 오직 전설 속의 영웅들만이 닿을 수 있다는 아주 먼 곳의 향유고래를 찾아

보고 있었다. 나는 여신들의 신전과 올림푸스 신전을 향해 정적(靜寂)의 푸른빛을 보이는 가운데 지점을 찾고 있었다. 나는 유리로 된 테라스에서 달콤한 소나무 향이 섞인 짭짜름한 역사의 향기를 맡았다.

이렇게 나는 다른 장소에 도착하여 탐험하고 있었다. 그것은 위대한 도시, 꿈과 전설의 도시, 투명한 물의 도시, 구십 개의 기둥과 네 개의 면으로 된 서양과 동양의 도시에 도착했음을 의미한다. 이 도시의 물고기들은 진주 빛 광택이 감도는 대단한 놈들인데 그 진한 향이 낚시꾼을 유혹하기에 충분했다. 이 도시의 꽃은 물에서 춤추며 비잔틴인의 여신들을 유혹한다. 사방에서 이 도시를 에워싸고 있는 나무들은 천사와 악마를 모두 유혹한다.

이스탄불… 그것은 고대 비잔틴이자 오스만 사람들의 반도이고, 고대 아크로폴리스이며 고대 그리스의 공식적인 구조물이다. 광장에는 사람들이 모여 고대 그리스의 도시국가 행정을 운영하며 정치와 상업을 주제로 토론을 벌였다. 이것이 너의 목욕탕, 청동 여신상이고, 이것이 너의 문, 대리석으로 된 유물들이다. 위대한 사람들, 말, 검투사, 그리고 경쟁하는 선수들이 모이던 너의 광장이다. 이것이 바로 대리석 짐을 하역하던 너의 부두이다. 너, 이스탄불이여! 이슬람의 도시이며 위대한 메트로폴리스, 정복자들이 이곳에서 임무를 완성하자 콘스탄티노플[9]은 사라졌다.

이스탄불! 이 단어는 오랫동안 키벨레[10]를 고통스럽게 했던 단어이다. 그 단어는 열쇠이자 나를 둘러싼 단순한 풍경을 살아 움직이게 하는 출발점이다. 바다의 가랑비로 씻긴 보도, 아침 공기가 활기를 불어넣는 소나무들. 내가 머무는 호텔 건너편 건물의 테라스에 앉아 있는 터키 할머니는 양손에 스타킹을 들고 있고, 근처에는 손녀로 보이는 여자아이가 짧은 옷차림으로 꽃에 물을 주고 있다. 건물 지붕 밑으로는 아카시아 나무에 걸린 조롱에서 카나리아가 목을 뒤로 뺀 채 바다에서 불어오는 서늘한 공기에 취해 있다. 이것이 역사를 정복했던 이스탄불인가? 작은 뜰에는 향기가 감돌고, 올리브나무와 정자가 있고, 분리된 느낌과 열기 그리고 그곳만의 독특한 향기가 있었다. 이곳이 바로 꽃으로 둘러싸인 예언자의 무덤과 같은 무함마드 알 파티흐의 무덤이란 말인가? 이곳이 바로 위대한 승리의 이스탄불이란 말인가? 그렇다면 술탄들의 신발에 가죽이 찢겨나갔던 낙타와 말들은 어디에 있는가? 역사의 어둠 속에서 빛을 발하던 칼들은 어디에 있는가? 종려나무 잎은 어디에 있는가?

나는 거기에 서 있었다. 테라스 한구석에, 빽빽이 둘러서 있는 나무들을 보면서, 대형 사원들 위에 돌로 만든 뾰족한 조각을 보면서, 마치 칼처럼 카페를 가로지르는 빛을 보면서, 말끔히 씻긴 보도 위 나무 그림자를 우연히 쳐다보면서. 나는 칠이 다 벗겨진 해안 창고들을 바라본다. 그 아래로 사람들이 모여 앉아 담배를 피우고 맥주를 마시며 소리 내어 웃고 있었다. 그들 뒤로 멀리 깊은 바다가 역사의 어둠을 벗겨내고 역사의 다양한 면모를 비춰주고 있었다. 여러 척의 작은 배가 영웅들이 지휘하는 배를 향해 돌진하고, 수도원 건물들은 반짝반짝 빛을 내고, 사원들은 암벽으로 된 높이를 뽐내고, 노예와 환관들은 술탄들에게 승전보를 전하고, 여성들은 수행자들에게 물을 전달했다. 나와 반대 방향으로 기울어져 있는 대추야자가 사막의 바람 앞에 그대로 서 있었다. 비단길에 있는 여러 도시의 창녀들은 메디나 사원으로 향하는 시장으로 앞을 다투어 몰려들고, 여행가들은 사막을 향했다.

나는 거기 서 있다… 아치형 창문들은 넓은 홀과 멀리 있는 궁전의 내부를 드러낸다. 그 궁전은 바다에서 들어오는 불빛으로 어둔 회랑을 비추고 있다. 그 불빛은 역사 속 이야기들을 고스란히 드러낸다. 끝이 뾰족한 미나레트[11]가 높이 솟아 있고, 흰 구름은 바다로 착륙하는 새들의 비행을 방해한다. 갈라타 탑[12]은 사원들의 미나레트와 돔 지붕 너머로 모습을 드러낸다. 이곳은 엘즈 사라이[13]이다. 그 궁전에는 많은 방들과 사원들 그리고 술탄 압둘하미드[14]가 극찬한 바 있다는 건물들이 있다. 샬레 쿠쉬크 성과 아미르[15]들, 그들은 성의 나무와 꽃그늘 아래에서 햇볕을 피했을 것이다. 이 만(灣)은 언덕 정상에 배수 시설이 있는 그 도시를 향해 굽어 있다.[16] 거기에 유럽 쪽 이스탄불이 커다란 접시 위에 얹힌 케이크처럼 넓게 펼쳐져 있다. 이스탄불은 고대의 자연발생적인 항구이고 비잔틴과 오스만 해상 세력의 중심지이며 무역선의 정착 기지였다.

나는 해변을 따라 설계된 매혹적인 산책로에서 신선한 풀잎을 따라 걸었다. 빛나는 태양은 수면 위로 아름다운 빛을 내리쏘고 있었다. 페네르[17]는 어디 있는가? 발라트[18]는 어디 있는가? 언덕의 정상으로 연결되는 길에 인접한 이 지역에 길이 여럿 있다. 그 거리에는 오래된 목조 주택, 위대한 비잔틴의 교회들, 그리고 오스만 제국의 수도원들이 빼곡하다. 거기 태양이 부르는 지점에서 페네르 시대 이래로 부계 중심 체제가 자리를 잡았다. 나는 베르루티의 카페 앞에서 오스만 제국의 장식이 있는 돌들이 굴러다니는 것을 보았다. 산기슭과 황금빛 정상을 발 아래로 내려다보는 언덕 꼭대기에서 나는 조용한 풍경과 오스만 시대 건축물의 공학, 그리고 전 세계에서 몰려온 무슬림 성지 순례자들이 예언자의 깃발을 들고 에윱의 무덤[19]을 방문하는 것을 보았다.

이것이 바로 이슬람의 성지이고 백성들의 거대한 무덤이다. 이슬람 사원으로 둘러싸인 언덕들은 여러 무덤들이 펼쳐진 사이로 마치 점처럼 보였다.

호텔 방에서 계단으로 아래층 홀까지 내려왔다. 그 작은 여자는 다리를 꼬고 혼자 소파에 앉아 주스를 마시고 있었다. 손에는 담배를 들고 무심히 허공에 연기를 내뱉으며 우아한 구두 한쪽을 가볍게 까닥거리고 있었다. 곁으로 다가서자 그녀가 미소를 보내왔다.

"이름이 뭐예요?"

터키어로 물어보았다.

"수아드."

내가 다른 질문을 해 주길 기다리는 것 같았다. 나는 말을 더듬거리다 주머니에서 터키어 학습서를 꺼냈다. 적당한 말을 고르려고 했다.

그녀는 소리 내어 웃더니 영어로 말했다.

"영어로 하세요. 알아들으니까."

호텔 문을 열고 나오자 바로 지한로였다. 전화 부스 앞에서 이스탄불과 이슬람을 연결시켜 주는 사랑 받는 구절 "안녕하세요… 안녕하세요"를 들었다. 길가의 카페에 들어가 터키 차를 주문했다. 선 채로 차를 마셨다. 웨이터는 나를 향해 아무 말 없이 미소를 지었다. 여기가 바로 시밋 사라이였다.[20]

광적인 모험심에 가득 찬 한 시인이 터키로 와서 앙카라와 이스탄불 사이의 도시 에스키셰히르에 거주했다. 그는 신문팔이, 낚시꾼, 가죽 재킷 공장의 직공으로 일했고, 여름 휴양지에서 빈둥거리다 관광 안내원으로도 일하는 등 온갖 일을 다 해보았다. 하지만 급여는 고작 몇 푼이었다. 그는 더럽고 가난한 골목의 허름한 숙소에서 지냈다. 싸구려 창녀들과 잠을 잤고 어둡고 공허한 거리의 사람들 틈에서 빈둥거리며 살았다. 마침내 그는 첫 작품을 써서 번 돈으로 창녀와 술에 취했는데, 아침이 되자 세 명의 괴한이 그를 덮쳤다. 땅으로 내동댕이쳐진 그는 저항했지만 불가항력이었다. 마구잡이

발길질에 그는 정신을 잃었다가 어두운 거리에서 깨어났다. 몇 달러가 들어있던 지갑과 여권은 온데간데없었고 가방도 찾을 수 없었다.

나는 밤거리를 걷다가 사람들에 섞였고 화덕 앞에 서 있던 아가씨들과 함께 소리 내어 웃었다. 어린 소녀를 볼 때마다 어떻게 갈라타 다리까지 가느냐고 괜한 질문을 해댔다.

소녀는 약간 혼란스러운 얼굴을 하며 영어와 터키어, 그리고 몸짓을 섞어가며 전철이나 버스 혹은 택시를 타고 목적지까지 어떻게 하면 제대로 가는지 알려 주려고 애썼다.

"좋아. 그럼 그랑 바자르[21]는 어디지?"

한 번…두 번…세 번.

네 얼굴과 네 아름다움으로 나를 가득 채운다. 마치 영원한 청춘 이스탄불의 얼굴로 나를 가득 채우듯.

청춘 이스탄불이여! 너는 스파르타에서 진격해오는 오스만의 군인과 함께 돌아갈 것이다. 너의 술탄들과 내각, 문서, 군인 그리고 말들에게 돌아갈 것이다. 너는 바다를 떠나 분주한 일상과 많은 격정거리로 돌아갈 것이고, 폴란드 시인 아담 미키에비치가 의미한 것으로 돌아갈 것이다. 그 시인은 베른에서 출생하여 19세기 이스탄불에서 생을 마감했다. 그는 자신의 피난처 이스탄불에서 거주하며 이스탄불의 전쟁과 평화에 대해 글을 썼다. 그가 이스탄불을 대상으로 글을 쓴 것은 그곳이 바로 술탄들이 몸담았던, 최상급 은으로 지어진 궁전이었기 때문이다. 그곳은 다섯 개의 손가락 사이로 흐르는 헤라클레스의 물이기 때문이다. 그곳은 향기로운 풀잎, 부드러운 꽃, 그리고 폭포 가운데 서있는 소녀의 나신이기 때문이다. 그곳은 칼의 저주가 서린 전쟁통에 서 있는 젊은 여황제이기 때문이다. 아담 미키에비치는 이스탄불의 시인들을 사랑하고 그곳에 있는 이슬람 사원의 학문과 그 영향력도 사랑했다. 천 년 전 이스탄불의 교회에도 학문적 영향력은 있었다. 하지만 이스탄불은 고도(古都)일 뿐만 아니라 너저분한 갈보집이기도 하다. 베이올루에 도착했을 때 나를 에워싸는 이스탄불 빈민들의 소리를 들었다. 칼리프의 아름다운 정부(情婦)들도 나를 에워쌌는데, 나는 그녀들에 관한 글을 쓰고 있는 중이었다.

이스탄불! 이것은 마법의 단어이고 내 상상에 영향력을 주는 열쇠이다. 내 상상력은 사람과 장식된 무대, 낯선 사건을 향한다. 내 상상력은 역사책을 넘길 때마다 내 손안에서 넘쳐나는 대단한 사건들을 향한다. 내 손안에서 그 사건들의 형상은 빛을 내며 나신의 모습으로 넘친다. 왜냐하면 그것은 술탄의 아름다운 정부처럼 군침이 돌고 즐길 만한 것이기 때문이다.

그랑 바자르 아래 시인들

그곳… 이스탄불에서, 베이올루에서, 사무실, 식당, 극장, 카페, 연극공연장들이 들어서 있는 역사적인 거리 독립로에서, 나는 터키 시인 아흐마드 오르한을 우연히 만났다. 그와 그의 여자 친구인 브라질 시인 파울라 칸피르는 골목의 작은 서점 근처에 있었다. 그는 톱카프 궁전에 있는 오스만 술탄의 동상처럼 내 앞에 서 있었는데, 관찰하고 경계하는 모습에 두 눈은 빛났으며 거동은 느렸다. 그는 조용히 담배를 피우며 내게 허스키한 목소리로 터키의 문인들에 대해 이야기했다. 시인 나짐 히크메트는 정치적으로 열정적이고, 아지즈 나신은 냉소적인 태도를 보이고, 오르한 파묵은 보스포루스에서 신비하게 감춰진 것에 대해 글을 쓰고 있는데 명석하고 날카로운 감각의 소유자이고, 에제 아이한은 불가능한 상상력의 소유자이다. 그는 이렇게 외쳤다.

"방랑하는 수도승… 두 마리의 뱀이 서로 경쟁하는 우리 배의 이름이다."

네딤 구르셀은 터키 남부 새로운 일리아드 앞에서 떨면서 잠들었고, 자신의 시에서 울었던 오르한 벨리는 이렇게 말했다.

"운전기사의 아내여, 나를 죽이지 마라!"

우리는 시끄럽게 오가는 사람들의 소음과, 결코 조용해질 수 없는 장사치의 고함소리, 그리고 꽃가게에서 풍겨 나오는 향기의 파도 사이에 서 있었다. 우리는 이야기를 나누며 지나가는 연인들을 바라보았다. 그들은 이스탄불의 긴 여름날을 모호한 즐거움으로 보내고 있었다. 유흥장의 터키 처녀는 고대 스파르타의 처녀처럼 소리 내어 웃으며 보도 위에서 한가로운 청춘에 인사를 건네고 있었다. 우리는 거기 역사의 도시로부터 유럽의 경계에 가 섰다. 조용한 호수의 은색 불빛이 우리를 완전히 뒤덮었다. 건물 현관에 섰을 때 한 점 먼지도 없이 깨끗하고 차가운 바람이 불어왔다. 그 바람은 눈 위를 지나 황폐한 지역과 조약돌을 지나왔다. 역사적인 이 거리의 깊숙한 곳에서부터 19세기의 술탄들이 격찬했다는 작은 전차가 호루라기 소리를 내고 있었다.

우리는 하얀 바위에 기댄 채 잠시 말이 없었다. 여자는 남자 친구의 팔에 매달린 채 고혹적인 미소를 지었다. 우리는 람지 서점 건너편 궁전카페를 향했다. 보도 위 깊고 짙은 그늘에 자리를 잡고 앉았다. 각자 조용히 커피를 마시기 시작했다. 그러다 내가 아랍 문인들에 관해 이야기하기 시작했다. 야샤르 케말이 읽고 냉소를 보냈다는 나집 마흐푸즈, 1950년대 바그다드에서 도망쳐 와 혼잡한 탁심 역 근처의 작은 아파트에서 살았던 압둘 와합 알 바야티. 그는 술과 나집 히크메트 그리고 여자들과 더불어 여생을 보냈다. 아도니스는 이미 서구 도시에서 세계적인 명성을 얻었는데, 터키의 문인들도 살림 판다크지의 번역으로 그의 작품을 읽을 수 있다. 바그다드 출신의 터키 시인 아흐마드 하심은 죽을 때까지 이스탄불에서 살았다. 그는 바그다드에서 도망쳐 온 이래 헤로도투스가 고착시킨 세상의 변경에 자신을 가두고 살았다. 그가 쓴 대표적인 작품의 내용은 바그다드의 미친 걸인이 한길에 가부좌를 틀고 앉아 황제의 언어로 이야기한다는 것이다. 그가 자신의 작품집을 『호수의 시간』이라 이름 붙여 출판하자 나집 히크메트는 놀랄 만한 그의 영리함에 냉소를 보내며 그를 '개구리의 시인'이라고 불렀다.

그날 우리는 먼 옛날 술탄들이 녹아버릴 것 같은 정오의 열기를 피해 그늘 아래서 나누었을 법한 시의 열정에 대해 오래 이야기를 나누었다. 우리는 그날 조국을 떠나 이스탄불에 정착했던 시인들에 대해서도 오래 이야기를 나누었다. 몸집이 큰 새들이 우리 머리 위에서 울며 해수면을 흔들어대고 있었다. 우리는 그날 정교한 조각과

값비싼 패널로 장식된 쇼윈도 앞에서 아시아와 유럽의 이스탄불에 대해 오래 이야기를 나누었다. 우리는 탁심, 랄리, 오스만베이에 거주했던 시인과 예술가들의 괴팍스러움, 그리고 오스만 시대의 화려하고 융성했던 야만주의에 대해 오래 이야기를 나누었다. 전차 광장에 흩뿌려진 불빛 앞에서였다. 헤어지기 전 낯선 터키 시인이 내게 영어로 번역된 자신의 시집 한 권을 주었다. 그리고 그의 제안에 따라 우리는 저녁에 다시 만나기로 했다. 그와 여자 친구는 보스포루스 보도에서 눈요기를 한다고 했다.

Bon Voyage

지한로 C를 통해 호텔로 돌아왔다. 그곳의 작은 길들은 베이올루의 독립로까지 뻗어 있었는데, 거기서 필라주르크 호텔 경계지역까지 길은 다시 여러 갈래로 뻗어 해안도로까지 연결되고 있었다. 향기를 품은 차가운 공기와 가랑비가 내 얼굴을 적셨다. 행인들은 혼잡한 와중에도 허름한 터키음식점에서 배를 채우고 있었다. 근처에 작은 싸구려 바가 있었는데, 사람들은 문 근처의 테이블에 앉아 자기와 다른 견해를 설파하는 이들의 말을 들으며 할리데 에딥 아드와르에서 아흐마드 하심까지 지난 시대의 모든 시인들을 책으로 엮어내듯 이야기하고 있었다. 나는 소음과 밝은 불빛을 지나 맥주 컵과 깨진 접시들 사이에서 이스탄불을 여행했던 후세인 마르단의 자취를 찾아보았다. 당시 그는 자신의 광기를 폭발시키고, 걸인의 시를 모두 부정하는 상태였다. 그런 그에게 이 장소는 그를 온전히 치유하기에 적절했을 것이다. 시인의 잉크병은 샴페인 마개로 닫혀 있었을 것이다. 이스탄불에서 생을 마감한 폴란드 시인 아담 미키에비치가 말했던 것처럼 후세인 마르단은 판타지 풍의 노래시를 쓰면서 아마 이 길을 지나갔을 것이다. 그와 피난지의 방랑객들은 아마 이 바에서 술에 취하고 이곳 화장실에서 손을 씻었을 것이다.

나는 대나무 의자를 가게 앞 보도에 내어놓은 대형 음식점들을 지나갔다. 네모난 알루미늄 간판을 높이 달아놓은 스튜디오를 지나고 이발관들을 지났는데, 거기 쇼윈도에는 이 세상에서 최후에 잘린 머리카락이 걸려 있었다. 대형 갤러리들도 지나갔다. 그곳의 벽에 유화와 수채화들이 전시되어 있었다. 연극공연장 문에는 터키의 예술가가 커피색 옷을 입고 천을 머리에 감은 채 서 있었다. 작은 검정색 가방이 그의 자전거 핸들에 걸려 있었다. 푸른색 제복을 입은 경찰들이 필라주르크 호텔 앞에서 바다를 내려다보며 서 있었다. 그들은 외국어로 소리쳤는데 그들의 검정색 구두는 시멘트바닥에 못 박힌 것 같았다. 그 길 끝의 작은 가게들에서 록음악이 흘러 나왔다. 그곳은 청소년들로 붐볐는데 그들은 서로 몸을 비벼 가면서 춤을 추고 있었다. 그 길에서 가까운 쪽 해변으로부터 혀가 말릴 정도의 열기에 섞여 짠맛과 습한 냄새가 밀려 왔다. 여러 척의 증기선이 저음으로 야만적인 고동을 울려댔다.

나는 그 길이 내려다보이는 방에서 침대 위로 약간 몸을 뻗었고, 넓은 테라스에서 이스탄불을 내려다볼 수 있었다. 바닷새들이 수면에서 소리 내어 우는 것을 보았다. 터키인 이웃이 새들에게 빵 부스러기를 던져주고 있었다. 나는 파도를 가르며 공중에 야만스런 뱃고동을 울려대는 증기선들을 바라보았다. 멀리 보스포루스 만 뒤로 여섯 개의 미나레트가 있는 술탄 아흐메드 사원[22]이 옅은 안개를 닦아내고 있었다. 그 사원 가까이 푸른 공간에 톱카프 궁전과 성 소피아 사원이 보였다. 마치 태양이 황금빛으로 뒤덮은 인쇄물 같았는데 건물 꼭대기에 먼지 같은 것이 퍼지고 있었다. 나는 곁에 있는 작은 테이블로 손을 뻗어 아흐마드 오르한의 작품집을 집어 들었다. 영어로 번역된 그의 짧은 시를 읽기 시작했다.

그의 작품집은 작지만 기품 있게 인쇄되어 있었다. 광택이 있는 표지는 유화로 꾸며져 있었는데 미국 여류화가의 그림이었다. 그녀는 이스탄불이 아닌 앙카라에 거주한다고 했다. 이상한 제목을 달고 있었는데, 그것은 이스탄불의 삶이나 비전과는 하등 연관이 없는 것이었다. 『두 번째 게임』. 그러나 첫 번째 짧은 시를 읽기 시작하자 계속 읽게 되었다. 길고 어두운 터키의 밤에 스르르 잠겨 드는 느낌이었다. 비밀로 가득한 그의 이상한 사상들과 산만하고 불분명한 시어에 빠져 허우적거리는 느낌을 받았다. 이 괴짜 시인은 야만적이고 이상한 생각들을 모아 특유의 언어와 격정적이면서도 잘 정돈된 수사법으로 뒤섞어놓았다. 나는 이스탄불의 우아한 호텔 7층에서 이스탄불의 축축한 삶에 대한 격정의 시를 읽는 것이었다. 그 축축함은 가죽에 얼룩이 묻은 것처럼 삶에 묻어났다. 나는 수세기 전부터 터키의 향기를 지니고 있는 시를 읽었고, 또한 피에르 로티가 지난 세기 초 이스탄불에서 쓴 『아지야데』[23]의 이국적인 광경을 현재의 광경으로 바꾸는 놀랄 만한 시를 읽었다. 내가 읽은 그 시는 우리의 스승 잘랄 앗딘의 시처럼 모호한 시였다. 그 시의 주제들은 세밀화법의 경이로움이었다. 그는 능숙하고 완벽한 표현을 사용했다. 물론 그런 문체는 상징적인 시에 있어 필수적인 것으로 간주된다. 이렇게 파괴적인 유혹이 축소시킨 것은 바로 부드럽고 묘사하기 힘든 감각이다. 이런 대중성은 오르한 벨리의 시들을 생각나게 한다. 그는 1930년대 이스탄불의 생생한 광경을 묘사했다. 그는 자신의 시에서 이렇게 말했다.

—당신! 거울 앞에서 아름답지, 침상에선 다른 아름다움이지. 나를 꾸며주지. 장이 섰을 때 무할랍[24] 가게로 오시오.

저녁에 우리는 다시 만났다. 나는 오르한 벨리의 시에 대해 말하고 내게도 산문작품이 있다고 했다. 아흐마드 오르한은 아주 만족한다는 듯이 머리를 끄덕이고는 산문시에 대한 오르한 벨리의 주장을 언급했다. 그가 왜 화음은 반드시 운율과 각운을 벗어나야 한다고 보고 있는지에 대해서. 사실 그는 당시 이미 산문에 각운이라 할지라도 화음을 두었다. 왜냐하면 운율과 각운 그 두 요소는 화음을 형성하고 그런 화음은 정교한 감정과 가벼운 웃음을 전해주기 때문이었다. 아흐마드 오르한이 자신의 시를 암송하였다.

—네 염려는 오늘 하루에 대한 걱정, 저녁이 그 자리를 채웠구나. 태양이 사라졌으니 술에 취하지 않는다면 무얼 하겠느냐?

우리 네 사람은 독립로를 향해 탁심을 출발했다. 지한, 이즈미르 출신의 여류화가, 작은 가방에 자신의 책을 넣어 어깨에 메고 다니는 이상한 시인, 그의 여자 친구이자 브라질 출신의 시인, 그리고 나.

처음에 우리는 제임스 조이스 카페에 앉기로 했다가 마음을 바꾸었다. 등받이도 없는 조그만 의자에 웅크리고 있는 사람들로 빼곡한 그 거리를 빠져나오고 싶었기 때문이다. 지한이 말했다.

"백 년 전 만해도 터키 시인들은 여기에 붙박이처럼 늘 앉아 있었지. 등을 벽에다 기대고 입에는 담배를 물고 말이야."

"이스티클랄 가다 C……"

이스탄불 시내 지도를 손에 쥔 관광객 앞에 서 있는 경찰이 말했다. 이 넓은 거리는 타를라바시 대로[25]와 맞닿아 있다. 16세기 베이올루의 통치자는 나무로 가득한 대규모 성을 그곳에 건설했다.

오스만조의 통치자는 바로 이 역사적인 장소에 유럽인들이 그들의 성을 건설하도록 허락하였다. 그 이후로 고대 술탄의 궁전은 유럽 양식과 현대식 건물, 이제는 관광객들이 태양을 피하는 곳이 된 나무정원을 받아들이며 유명해졌다.

독립로 C··· 전 세계 각지에서 찾아오는 문화예술인들의 거리. 어린 처녀는 얼굴에 애교를 보이고 손으로도 아양을 부리고 있다.

"탁심 광장에서 새에게 모이를 던져주었나요?"

그녀는 내게 그렇게 물으면서 부드러운 미소와 함께 주스 잔을 내려놓았다.

우리는 모여 있는 새들에게 모이를 던져주기 위해 탁심 광장에 잠깐 멈춰 섰고, 작은 광장의 한복판에서 맞은편 광경 속 아타튀르크 문화궁전을 바라보았다. 그 유명한 마르마라 호텔, 전철역··· 새들은 이 광장에 모여 관광객들의 손에서 모이를 낚아챈다. 술탄 무함마드는 18세기 초 바로 이 광장에서 이스탄불 주민에게 물을 공급하기 위해 만든 배수 시설을 칭찬한 바 있다. 얼마 가지 않아 우리는 독립로를 처음부터 끝까지 가로지르는 옛 전차의 표를 찢기 위해 멈췄다. 표를 일일이 손으로 찢는 노인은 반세기 가깝게 이곳에서 철도노동자로 일했다고 한다. 그는 하얀 구레나룻 속으로 소리 내어 웃으면서 멋진 프랑스어로 우리를 배웅해 주었다.

"Bon Voyage."[26]

한 세기 넘게 독립로에서 운행되어 온 역사를 지닌 전차가 출발했다. 전차는 통행자들에게 인사하듯 종을 울려댔다.

오른쪽으로 큰 대문과 멋진 건물이 보이는 프랑스 영사관이 있었다. 젊은이들은 마르마라 해안의 자갈밭에 모여 페르디낭 셀린, 앙리 미쇼의 작품을 읽고 있을 것이다. 그 옆으로 오래된 가톨릭 성당이 있다. 관광객들이 성당 옆문에서 나왔다. 그 양옆으로 쇼윈도를 설치한 큰 상점들과 터키 육류요리를 전문으로 하는 식당들, 터키의 국민가수 이브라힘 타틀르세스의 간판을 달고 있는 극장들, 조용하고 아담한 바들, 독립로 C에서 뻗어 나온 작은 통로들이 있다. 그 통로들은 타를라바시 대로까지 이어지는데, 예를 들자면 1876년 로코코 방식으로 건축한 '치첵 파사쥬'[27]가 있다. 치첵 파사쥬에는 대규모 식당들과 어시장, 그리고 선물이나 중고서적들을 파는 작은 가게들이 있다. 유럽 국가들의 대사관 건물들 오른쪽으로, 그리고 갈라타 궁전 길 끝에 터키 은행과 베이올루 사원이 있다. 짧은 옷을 걸친 예쁜 아가씨들이 밤늦도록 빈둥거리며 돌아다녔다. 예술가들은 이 거리 어디서나 간단한 음식을 먹고 맥주를 마시며 달콤한 목소리로 기타 연주에 맞춰 노래하고, 연인들은 그 음악에 취해 춤을 춘다.

고대 세상의 궁전

"몇 해나 흘렀는가?
당신의 바다를 안 본 지 얼마나 지났는가?
난 거기서 당신의 백성을 보지 않았고 당신의 거리를 걷지도 않았다
난 당신의 광장을 통과하지도 않았다
난 이제 파리의 위고 거리에서 당신에게서 멀리 당신과 함께 있다.
난 방금 전 지하철에서 아야 소피아[28]가 천사처럼
날개를 펼치고 있는 것을 보았다."
—네딤 구르셀,「내 사랑 이스탄불」

장사치 여인 중 한 사람이 내게 물었다. 보스포루스에서 아시아 해변을 굽어보고, 술탄 압둘 아지즈가 자신의 치적으로 삼기 위해 19세기에 건설했으며 목련 가득한 정원으로 자신만의 독특한 취향을 반영한 베이러베이 궁전[29]에 가본 적이 있는가요?

우리는 시밋 사라이에 앉아 케이크와 차를 먹었다. 탁자 위에는 프랑스어로 번역된 네딤 구르셀의 소설『이스탄불에서 보낸 긴 여름』과 다른 소설책이 몇 권 있었다. 모든 작품이 이스탄불에 대해 이야기하거나 이스탄불에서 일어난 사건들에 관한 것이었다. 예

를 들자면 아흐메트 라심은 오래된 야쿠미 카페에서 있었던 라마단 기간 중의 하룻밤에 대해 묘사했다. 카페의 소년은 붉은색 타르부쉬[30]와 초록색 주름이 든 재킷을 입고 허리에는 선명한 초록색 칼을 차고 있었다. 관광객들은 아윱 카페나 그 어느 날 피에르 로티가 앉아서 만돌린 음악을 들었던 카페를 찾고 있었다. 아니면 이발소 근처 구 바자르 근처에 있었는데 지금은 야지드 지역에 있는 시라핌 카페를 찾고 있을지도 모를 일이었다. 그곳은 터키 문인들이 세월을 보내던 곳이었다. 나믹 케말, 아지즈 벡, 오부 지야 타우피크, 판딜루 타우픽 파샤 등등. 하지만 이 시대에는 시인 압둘할림 멤두흐를 카페에서 만나기란 쉽지 않다. 그는 최초로 그 카페에 왔던 작가인데 낭만적인 시인답게 손가락 사이로 검은 머리칼을 쓸어내리며 커피를 마셨다.

그 도시에 거주했던 시인들의 동상에 비해 그곳의 도로는 그다지 크지 않았다. 파울라 칸피에르는 나짐 히크메트가 수십 년 전에 언급했던 말을 반복했다.

네딤 구르셀은 남부에서 왔고 이스탄불에서 살았다. 그의 소설은 서점에 줄지어 꽂혀 있다. 『이스탄불에서 보낸 긴 여름』, 『정복자 이야기』, 『금욕주의 수도승과 메디나』 등등. 그런데 이 작품들은 모두 터키어로 된 것들이다. 물론 일부 작품은 유럽의 여러 언어로 번역이 되어 있다. 나는 셰익스피어 서점의 젊은 여점원에게 그 중 몇 작품을 아랍어나 프랑스어로 읽어 봤다고 말했다.

그런 책들에서 나는 남쪽의 신기루, 심연의 터키를 향한 연민의 감정, 실제의 터키 남부, 여러 번 길 떠나는 베두인, 해안에 도착하기 위해 산에서 내려온 아시아 부족들의 망상 같은 것들을 느끼고 적잖이 당혹스러웠다. 이런 새로운 『일리아드』는 비극조로, 아시아와 유럽 사이에서 찢겨진 터키의 심장으로부터 울리는 리듬으로, 지도책이 아니고는 존재하지 않는 혹은 존재한다고 생각한 적도 없던 지리적 특성에서 울리는 비극의 운율로 쓰였다. 또한 그것은 기억과 신기루의 지도로부터 울려 나온 리듬으로 쓰였다. 그것은 바로 이스탄불을 향한 실제 여행을 의미한다. 저 깊은 곳에 바다의 소금을 남겨둔 이스탄불을 위한 시의 여행을 의미하기도 한다. 그곳에 콘야[31]가 있고, 냄비에서 넘쳐나는 소리, 셀주크 튀르크의 세력이 붕괴하던 시절 유명한 수피 수도자 샴스 타브리즈와 만났던 잘랄 앗딘 알 루미의 무덤이 있고, 또한 야샤르 케말이 유년기를 보냈던 토레스 산악 지역을 포기할 수 없었던 여러 부족들도 있다.

네딤 구르셀은 자즈얀 나십 출신으로 이스탄불로 와서 베이올루로 향했다. 대략 1세기 전부터 유럽의 건축 공학이 성행했다. 1875년 프랑스인들이 건설한 대 유럽 터널, 갈라타와 그곳의 커다란 탑, 대로에서 빚어지는 문명의 안락한 생활, 서점, 영화관, 시장, 값싼 모조 보석, 차를 곁들인 간단한 한 끼, 여자들로 넘쳐나는 거리, 빨간색 전차, 관광객들이 오가는 모습, 갈라타 궁전, 어시장에서 먹는 페스트리 한 접시, 치첵 파사쥬에 늘어선 음식점들, 혹은 니코스 카잔차키스가 소매치기들과 벗 삼아 지낸 '꽃의 여행'이라는 카페. 오래된 교회 거리에는 구르셀 작품의 주인공들이 가방을 들고 걸어 다녔다. 드란페리스 세인트 마리는 1798년에 그곳으로 돌아왔다.[32] 그곳에서는 기독교 여성들이 광장을 활보하고, 파괴된 이후 1913년에 재건된 세인트 앤소니 교회를 들락거렸다. 탁심 광장에는 시인들이 오갔고 미단 투르키 출신 테오필 고티에도 그곳을 지나다녔다. 사람들은 지평선을 향해 드넓게 펼쳐진 광장에 앉아 있고, 새와 걸인과 관광객들도 모여 있었다. 앙리 미쇼는 오가는 사람들로 항상 붐비는 '현대 이스탄불 차고(車庫) 프로젝트' 건물에서부터 부르 산으로 올라갔다. 우리는 위대한 아타튀르크 동상 앞의 넓은 광장에 멈춰 섰다가 새로 공사한 터널로 연결되는 간이역으로 갔다. 시끄러운 버스 차고에서 간단한 음식을 먹고 차를 마신 다음 이스탄불 극장으로 향했다. 쿠르드 기자가 젊은 여배우의 엉덩이를 슬쩍 만졌을 때 우리 모두 소리 내어 웃었다. 우리는 권총이나 곤봉조차 갖고 있지 않은 경찰들과 군사박물관에서 많은 사진을 찍었다. 밤늦도록 유흥가에 남아 여러 술집에서 술을 마셨고, 나이트클럽에서는 창녀들과 어울려 춤을 췄다. 급기야 우리가 길거리에 나뒹

굴고 나서야 파울라 칸피에르는 우리의 기념사진을 찍어주었다. 그것은 마치 보헤미안 예술가의 연인임을 증명하는 서류 같았다.

네딤 구르셀의 작품『이스탄불에서 보낸 긴 여름』이 바로 내 앞에 있다. 나는 아흐마드 오르한에게 이 작품이야말로 이스탄불을 여행하는 이들에게 안내서로 적격이라고 말했다.

그날 나는 이스탄불에 있는 여러 군데 바자르에 대한 영리한 묘사를 찾고 있었다. 예를 들자면, 그랑 바자르, 타와빌 바자르, 바이지드 바자르, 시르케지 바자르, 그리고 아크사라이 시장 등이 있다. 바자르는 저항할 수 없는 전제적 요소를 지녔다. 그리고 거기에 내가 사랑하는 시장이 있다. 카파르 차르쉬 시장[33], 지붕 아래의 바자르, 아주 오래된 통로에 펼쳐진 미로 같은 상점들, 금 세공품으로 뒤덮인 길, 양탄자 골목, 타키야 골목. 구 도시의 상업 중심지, 지붕 아래의 시장, 터키의 수공예품이 즐비한 시장… 유명한 양탄자, 수공 그림이 있는 세라믹 장식품, 동판, 마법과 같은 선물들, 추억을 담은 기념품들이 있다. 우리가 거리를 걷고 있을 때 황금빛 보석의 광채가 얼굴을 비췄다. 그곳에는 무두질을 한 가죽옷과 골동품들도 있었다. 우리는 역사의 소용돌이에서 보물을 찾는 양 이것저것 신중하게 물건을 살폈다. 에미노뉘 사원 뒤에 위치한 타와빌 시장을 걸으며 고대 수피 수행자가 된 것처럼 상상 속에 빠져 계피, 카레, 사프란, 박하 등의 향을 호흡해 보았다. 나는 구르셀의 소설을 가리키며 말했다.

“이 소설에 있는 모든 것이 소용돌이치듯 살아 움직여요. 그가 소설에 숨겨둔 모든 장치가 실제로 내 눈 앞에 펼쳐져 있어요.”

나는 거듭 강조했다.

“구르셀이 작품의 주제를 장악하는 능력은 정말로 대단해요. 나는 이렇듯 풍부한 언어의 창고 앞에 도전할 능력이 없어요. 이건 이스탄불을 뜨겁고 젊게 만드는 위대한 자유의 힘입니다.”

그러나 아흐마드 오르한은 나와는 전혀 다른 견해를 보였다. 그는 내게 아무 말도 하지 않았지만 오르한 파묵이 이스탄불에 대해 쓴 소설에 대해 과도할 정도로 열광적인 언어로 떠들었던 걸 보면 구르셀의 작품에 대해서는 애정이 없는 게 분명했다.

파묵의 이스탄불은 다른 것이다. 그에게 이스탄불은 격한 폭풍우의 장막을 걷어 제친 공간에 열정적으로 흐르는 제국주의의 역사이다. 파묵의 소설에서 이스탄불의 모든 장소는 파괴된 역사를 표현하는 형태로 복종한다. 이스탄불의 모든 장소는 예리하고 고집이 세며 운명적이고 제국주의적으로 부각된다. 오르한 파묵은 이스탄불과 제어 불능의 탐욕에 대해 침묵적 형상으로 균형을 맞추며 자신만의 언어로 정리한다.

파묵의 텍스트에는 판타지적인 고대 철학과 보르헤스적인 현대 정신이 섞여 있다. 파묵의 텍스트에는 조리 없는 수사법, 통렬하면서도 안개에 싸인 듯한 수사법의 마술이 있다. 그것은 유럽의 이성과 이슬람 수피의 환각이 섞여 있는 것이다. 파묵의 언어는 마법이다. 그것은 은유와 비유, 그리고 또 다른 미궁으로 유도하는 알레고리가 섞인 미로이기 때문이다. 그것은 여러 가지가 하나로 엮인 결과물인데, 터키의 역사가 여러 가지 요소들이 섞인 것과 무관하지 않다. 이런 역사를 예견이나 혁신을 통해 깨달을 수는 없지만 우리 자신이 느낄 수는 있다. 우리는 지속적으로 역사를 이야기로 생산하는 일에 연관되어 있고, 이곳에서 저곳으로 역사와 더불어 여행한다. 우리는 역사와 함께 그런 이야기의 의미와 단어, 공간 그리고 그 무언가를 찾는다. 파묵의 소설에서 모든 것은 즉시 묘사되는 의미에 굴복하고, 혼란스럽고 자석과 같이 끄는 힘이 있는 문체에 복종한다. 결국 그 문체는 우리의 만족을 얻기 위해 경쟁한다. 우리가 원하는 모든 것은 소설 속 주인공들이 자신들의 정체성이나 진실을 추구하는 것과 동일하다. 우리가 원하는 모든 것은 동양과 서양이라는 이분법적인 구분에 대한 해답을 구하기 위해 질문을 던지는 것이다. 중심과 변두리, 동질성과 다양성, 유사와 상이, 현실과 상상, 증거와 그 반대, 모호함과 확신, 그리고 우리의 존재를 형성하는 실질적인 원칙과 우리의 개별적 특성에 관해서도 마찬가지로 질문을 던진다.

『내 이름은 빨강』… 그것은 학계와 보수적인 종교계 사람들의 투쟁에 연루된 모든 것을 되새겨보는 거대한 운하와 같다. 아무도 역사에서 자유로울 수 없고 아무도 새로운 것의 충격에서 벗어날 수 없다. 파묵은『제브데트 씨와 아들들』에서 고대 역사를 풍부하게 조명한 것처럼 현실을 용해하고 이를 재구성한다. 파묵은 굉장히 빠른 속도로 움직인다. 이슬람 예술의 아름다움이나 파괴적인 서구문명의 영향에 대해 언급할 때를 제외하곤 좀처럼 멈칫하지 않는다. 나는 그들에게 말했다.

"나는 파묵의 소설을 사랑해…"

물론 그의 과거 작품들이 약간은 시비조였고 그 내용에 현실성이 결여되어 있던 것은 사실이다.

내 앞에 파묵이 있다. 신문기자 아민 쿨산이 제기한 여러 가지 혐의점을 그에게 말했을 때 그의 얼굴이 붉어졌다. 아흐마드 타니르 카슬라리는 아타튀르크의 정치 기구를 공격했다.

우리에게도 한 차례 정체성의 위기가 폭풍처럼 지나갔다. 나는 그의 사무실에서 차를 마시며 말했다.

"이스탄불에서 당신은, 부르주아 일가의 삶을 주제로 가족간 혈전을 다룬『제브데트 씨와 아들들』에서 사용한 배경에 따라 움직일 수 있겠네요."

파묵은 그 공간을 정렬되지 않고 공학과는 관련이 없는 어떤 곳으로 묘사하고 있다.

내가 처음으로 파묵이라는 이름을 접했던 것은 프레드릭 제임슨이 파묵의 작품『검은 책』과『새로운 인생』에 대해 쓴 비평을 통해서였다. 제임슨은 그 두 작품을 민족주의적인 정치색이 상징을 이루는 작품에 가깝다고 평했다. 물론 이런 평가가 나온 것은 두 작품을 통해 작가가 현대 터키 사회의 삶을 설명하는 대중적이고 정치적인 견해를 표현했기 때문이다. 하지만 그 두 소설은 빠른 기술과 형식에 힘입어 서구 문물 유입 이후의 소설로 발전하게 된다.

이것이 바로 파묵이 그 터키 소설의 줄거리에서 사용하는 작전이다. 어느 이탈리아 학자의 인생에 대해 다루고 있는 샤흐라자드의 이야기는 이렇게 시작된다. 17세기를 배경으로 한 청년이 베네치아에서 나폴리로 바다 여행을 하다가 오스만 제국의 해적들에게 붙잡혔다. 해적들은 그를 이스탄불의 노예시장으로 데려갔고 거기서 그는 어느 터키 학자에게 팔렸다. 터키 학자는 이탈리아 청년이 해박한 지식인이라는 걸 알게 되고 이후 그에게 잘 대해 준다. 시간이 흐르는 사이 터키인 주인은 이탈리아인 노예에게 영혼의 일체감을 느끼게 되는데, 이 노예는 과학 발전과 서양 학문의 비밀을 많이 알고 있는 자로서 의학에서 불꽃놀이에 이르기까지 다양한 분야에 해박했다. 급기야 주인은 자신이 이탈리아인 노예로 다시 태어났으면 하는 바람까지 품을 정도였다. 이렇게 해서 샤흐라자드의 이야기는 다른 층위의 정보를 주는 것으로 끝맺는다. 그것은 이야기를 통해서 독자가 오스만 술탄의 궁정 사회, 정치상의 발전에 대해 알 수 있게 된다는 것이다. 뿐만 아니라 독자는 궁전의 비밀과 비문명적인 행위들을 알게 되는데, 특히 술탄이 터키인 학자와 서양 청년을 감옥에서 다루는 장면이 그렇다. 술탄은 자신의 이익을 위해 그 두 사람을 웃음거리로 만들고, 전쟁 무기 제작을 명한다. 하지만 두 사람은 무기에 대한 폭 넓은 지식이 있음에도 개발에 실패한다. 사실 이 작품은 터키 역사상 지식인의 위기와 비록 그것이 서구적 모델이었을지라도 풍자의 형태를 빌 정도로 간절했던 '쇄신의 과정'이라는 주제를 간추린 것이다.

『내 이름은 빨강』에서 파묵은 우리에게 이야기 속 이야기를 제시한다. 이 소설은 많은 질문을 내포하며 사상에 대한 견해를 나누는데, 세 개의 층위로 소설을 살필 수 있다. 이 소설에서는 16세기 예술가와 시인들이 카페에 모여 시대를 논하면서 온갖 질문들을 쏟아낸다. 그것은 역동적인 서구 문명과 대비되는 정체된 동양 문명에 대한 시각이다. 이 점에서는 정치, 사회적 생활에서 사실적인 평형 맞추기에 관한 이야기라 할 수 있다. 두 번째로 이 소설은 오스만 술탄의 명령에 따라 화법(畵法)을 바꾼 화가 엘레강스를 죽인 자가 누구인가를 밝혀가는 과정으로 범죄의 수수께끼를 풀어가는 방법을 취하고 있다. 마지막으로 이 작품은 카라와 세큐레 간의 사랑 이야기를 담고 있는 연애소설이기도 하다.

갈라타 근처 천사들의 배회

우리는 람지 쿠탓피 서점으로 갔다. 나와 아흐마드 오르한, 그의 여자 친구인 브라질 시인 파울라 칸피에르. 그녀는 파스텔 톤의 짧은 옷을 입고 있었는데 장밋빛 셔츠와 노란색 바지, 진홍색 가방을 들고 있었다. 우리는 길에서 유유자적 방랑하는 여행객, 세계 각지에서 온 문인, 음악인, 화가들과 마주쳤다. 우리는 잠시 야외에서 벌어지는 시끄러운 음악 축제에 들렀다. 나는 판산 모즐리의 고전적인 몇 마디 말과 더불어, 열정적인 인생과 예상치 못한 상황에서도 주눅들지 않는 문화적 표현도 축하했다. 우리는 그곳에서 이란의 여성 소설가 마으수마 아스피와 그녀의 친구인 벨기에인 안드레아 바리를 알게 되었다. 우리는 일본 시인과 함께 시르케지에서 베욕 아데 섬으로 가는 증기선에 올랐다. 그리고 이스탄불의 중심지인 탁심 거리를 걸었다. 그곳은 압둘 와합 알 바야티가 1960년대에 거주했던 곳이다. 우리는 로렌스 더럴이 걸었다는 길도 걸어보았다. 그날 우리는 문화를 체험해 보는 것은 이미 우리의 경험이 되어버린 다른 이들의 삶을 체험해 보는 것이라는 사실을 알게 되었다.

우리는 피에르 로티 카페에 앉았다. 마으수마는 몰입 상태로 커피 잔을 응시했다가 카페를 장식하고 있는 그림들을 멍하니 바라보았다. 그녀는 우리에게 구조주의 예술작품에 대해 자신이 알고 있는 지식을 죄다 풀어놓았다. 하지만 말하고 있는 그녀를 빼고는 우리 중 그 누구도 별반 관심을 보이지 않았다. 나는 앞에 앉아 있던 오십대의 여인에게 자꾸만 신경이 쓰였다. 뚱뚱하고 남자처럼 행동하는 그녀는 앞에 앉은 사람 중 한 명에게 거의 소리 지르듯 이야기하고 있었다.

지한이 우리 사이를 나비처럼 배회했다.

그녀는 꽃바구니를 안은 채 우리가 아주 멀리 차가운 어둠에 있는 것처럼 상상하게 만들었다. 그녀는 우리를 자신의 과거로 생각하고 있었다. 마치 우리가 이스탄불을 우리의 과거로 생각하는 것과 마찬가지로.

우리는 유리창을 통해 태양이 가득한 바깥을 바라보았다. 앞에 보이는 상점의 간판은 진한 황금색 글씨로 쓰여 있었다. 비둘기들이 모이를 쪼아 먹고 있었는데 다리가 연필심 색깔이었다. 한 남자가 여자를 쫓아오며 잠깐 돌아봐 달라고 말하지만 여자는 당황한 듯 대답도 없이 걸음을 재촉했다. 노란색 택시들이 거리 반대편에 서 있었다. 그곳은 사람들로 붐비고 있었다. 러시아 관광객들이 노란색 염색 머리를 한 여자들과 함께 멈춰 섰다. 그 중 한 명은 셔츠를 입고 요오드 색으로 염색한 머리를 하고 있었다. 내가 원하는 것은 아니었지만 이제 베야지트[34]에서 모든 것이 행복하게 되었다. 우리가 꾸며낸 인위적인 정적이 소리치고 있었다. 지한은 자신이 원하는 바는 아니었지만 흥분한 상태였다. 아흐마드 오르한은 그 이란 여성에게 관심을 보였다. 그는 그녀의 관능적이고 욕망 가득한 눈을 바라보고 있었다. 나는 당혹스럽게 텅 빈 느낌을 접했다. 칠월의 바로 이 순간에 축제를 벌이고 달가닥거리는 노래, 이상한 노래도 부르고 싶었다. 나는 이 공간에서 피어나는 연기처럼 가벼운 깃털을 찾았다. 혹은 지한과 함께 한밤중까지 침대에서 자고 싶었다.

저녁이 되어 우리는 유럽과 아시아를 분리하는 동시에 이어주는 보스포루스 해협을 걸었다. 나는 소금기가 있는 신선한 공기를 느끼게 되었다. 배들은 등불로 빛을 내고, 나는 초여름 황금빛 공기에 감싸인 채 오스만 궁전 위로 피어오르는 푸른색 연기를 본다. 거친 바다 위로 새들이 무리 지어 날며 내는 소리를 듣는다. 그것은 마치 증기선의 포효가 거칠게 쪼개져 하늘로 오르는 것 같았다. 브라질 시인이 담배에 불을 붙였다. 모호한 표정으로 나를 보며 아랍 문학에 대해 묻고는 내가 이야기를 끝마치기도 전에 이번에는 페르시아 문학에 대해 물었다.

우리는 밤늦도록 보도에 앉아 있다가 시립 대극장 가까이 작은 식당에서 식사를 했다. 빈민과 노숙자들이 근처 광장의 보도에 앉아 있었다. 건물 입구마다 경비가 서 있었고, 나스레딘 호자[35] 기념 잔치가 열리는 대형 천막 근처에는 유난히 큰 가슴이 돋보이는 아름다운 여성 무용수가 터키 연주자들 앞에서 경매하는 사람들의 주위를 맴돌고 있었다. 무용수는 끝내주게 가벼운 몸짓으로 무언가를 암시하는 춤을 췄다. 그녀의 금발이 더미를 이루어 하얀 이마에 늘어졌을 때 그 느낌은 절정에 달했다. 우리는 그녀를 주시했다. 하지만 사람들이 우리를 지켜보고 있었다. 터키, 이라크, 이란, 브라질, 이렇게 여러 지역에서 온 일단의 글 쓰는 무리. 음악의 리듬에 몰입하게 만드는 아름답고 꿀처럼 달콤한 육체와는 동떨어진 우리의 이상한 외모는 사람들의 주목을 받기에 충분했다.

이스탄불의 밤은 뜨겁고, 여름밤은 길다. 우리는 바닷가에 늘어선 매점 근처의 길을 따라 에윱가 근처의 아파트를 향해 걸었다. 일 년 전쯤부터 이스탄불에 살고 있다는 미국 여성 시인을 만나기 위해 가는 길이었다. 그녀의 친구들은 그녀에 대한 질문이 나오자 농담으로 그녀가 이곳에 사는 이유를 술탄의 첩들에 대한 역사책을 쓰기 위해서라고 했다. 작은 계단을 올라가 문을 두드렸다. 그런데 다른 사람이 나왔다. 주소가 틀렸다는 걸 깨닫고 나서야 사과를 하고 계단을 내려왔다. 우리는 약간 머쓱해진 기분으로 소리 내어 웃으면서 거리를 걸어 다녔다. 약 삼십 분쯤 그렇게 별 소득 없이 돌아다녔다. 이사를 한 것 같았다. 아니면 우리가 그녀의 작은 세계에 침입할까봐 도망쳤거나. 마침내 우리는 제대로 된 주소를 찾아냈고 그녀의 작은 세계에 들어섰다. 그녀가 사는 아파트는 목조 건물로 무척 낡은 것이었다. 책, 옷, 그곳에서 잠자고 있던 그녀의 친구라는 터키 신문기자, 아름다운 젊은 여자, 반쯤 미친 것 같은 상태, 역사적인 물건들과 고서들, 그리고 연기로 인해 환영에 잠긴 듯한 상태였다. 불행하게도 처참한 상태의 방 하나가 그 아파트의 전부였다. 우리가 앉을 곳조차 없었다. 그래서 우리는 그냥 맨 바닥에 주저앉았다. 우리 앞에 작은 부엌이 하나 보였다. 베란다에서는 좁은 거리가 내려다보였다. 책, 터키어와 영어로 된 잡지 더미 위에 먼지가 수북이 쌓여 있었다. 빵조각, 먹다 남은 달걀껍질, 너무 익어버린 과일. 그녀가 입은 옷은 너무 얇아서 속이 훤히 들여다보였다. 그녀는 줄곧 담배를 피우며 많은 말을 했다.

그날 우리는 터키 작가 오르한 파묵을 만났다. 밤늦은 시간이었다. 우리 다섯은 저녁거리인 황금빛 생선더미 주변에서 소란스런 우정을 펼치며 모여 있었다. 우리의 소란스런 우정은 열기가 넘치는 대화와 우리를 하나로 모으는 영원한 감각의 문화 속에 용해되었다. 오르한 파묵은 조용히 빛나는 모습에 졸린 듯 망설이는 시선이었다. 나는 꽃이 융단처럼 펼쳐진 것을 보면서 톱카프 궁전의 담장 한구석에 팔꿈치를 기대고 서 있었다. 문화가 주는 환희는 동일해지지 않는 감각을 찾는 데 있다. 새들이 떠나고 새들이 드물게 올 때도 문화가 주는 환희가 있다. 자동차 바퀴가 연속으로 달리면서 또 사람들이 걸어가면서 내는 시끄러운 소리, 그리고 단순한 시골의 행사들과 이스탄불 거리에서 들리는 걱정 어린 외침을 언급하고 있는 오르한 파묵의 목소리와 함께 서서히 커지는 음악 소리에서도 문화가 주는 환희를 맛보았다.

이것이 만찬 의식의 끝이다. 소리는 고요함과 더불어 더 두터워지고, 가느다란 포도송이는 포도알을 떨어뜨린다. 나는 이렇게 속이 꽉 찬 채로 묵직한 돌을 만지며 피난처에서 방랑한다. 끝나지 않는 황금빛 조소를 열심히 보내면서.

관광객

"당신의 장소로 여행을 하는구나, 이스탄불이여!
당신은 스스로 움직이고 우리는 당신을 보고 웃는다."
—터키 여성 시인, 올라 히크메트

이스탄불에 있는 다양한 종류의 볼거리에 관광객들은 눈을 반짝거린다. 박물관, 교회, 고대 성채, 대형 사원, 시장, 끝없이 아름다운 자연경관.

올라 히크메트는 내게 말했다.

"소파에 파묻혀 있다가 일어나 봐요. 해변을 내려다보는 집의 창문에서 반사되는 석양빛의 다채로운 아름다움을 보게 될 거예요. 그러면 당신은 깨닫게 되겠죠. 무엇 때문에 사람들이 오래 전부터 이곳을 세상에서 가장 아름다운 장소라고 선택하게 되었는지."

이스탄불의 자연 경관은 전부 아름다웠다. 그것은 마법처럼 사람의 마음을 끄는 힘을 지녔으며 이성적으로 설명할 수 없이 찬란했다. 현대식 호텔, 음식점, 클럽, 카바레, 역사적인 시장과 상점들.

그날 우리는 미궁과 같은 곳, 15세기와 19세기 사이에 오스만 제국의 중심지에 위치해 있던 톱카프 궁전의 좁은 거리를 걸어 다녔다. 우리는 보스포루스의 해협과 만, 그리고 미르마라 해가 만나는 지점에 위치한 그 지역을 걸었다. 아흐마드 오르한은 말했다.

"술탄과 그의 여인, 그리고 장관들이 모두 이곳에 살았었다."

그는 손가락으로 높은 석조 건물을 가리켰다. 우리는 돌마바흐체 궁전으로 갔다. 그것은 19세기에 술탄 압둘 마지드 1세에 의해 건설된 궁전으로 보스포루스에서 연결된 유럽 쪽 해안에 있었다. 거실에는 56개의 거대한 기둥이 있었다. 천정에는 750개의 등이 달려 있었는데, 무게가 5.4톤이나 되는 거대한 크리스털 샹들리에를 보고는 기가 질렸다. 보고도 도무지 믿을 수 없는 규모였다. 이성적으로는 받아들이기 힘든 사치와 부의 타락이 그 희생제물의 육신에 거대한 발자국을 남긴 형상이었다. 그러나 그것은 인간적인 영혼이고 동시에 소유욕이기도 했다. 그렇게 처음부터 우리는 각기 다른 반응을 보였다. 우리 중 어떤 이는 '대단하다'고 했고, 또 어떤 이는 '예술적'이라고 했으며, 다른 이들은 '권력'을 느꼈다고 했다. '희생'이라는 내 느낌에 대해 그들은 '숭배정신의 소산'이라고 말했다.

지한은 로렌스 더럴이 오래 전 이스탄불을 방문했을 때 했던 말을 빌려 이렇게 답했다.

"보스포루스에서 배를 타고 한가롭게 다녀보지 않고는 이스탄불에서의 삶을 논하지 마라."

배들은 아시아와 유럽을 갈라놓는 꼬불꼬불한 해협을 가르듯 지나갔다. 해변은 거대하고 오래된 자부심에서 나온 기쁨으로 뒤섞여 있었다. 우리는 이미 위대한 아름다움 앞에 말을 잃고 있었다. 이와 같은 대륙적인 아름다움은 찬란하게 붉은 불꽃으로부터 뻗어 나오고, 바다는 모래를 혀로 말아 천천히 바위 쪽으로 움직였다. 반대편 해안에는 현대식 호텔들이 반짝거렸다. 전면에 위치한 해안의 빌라들은 나무울타리로 세상을 차단했다. 시골에 있는 돌로 지은 성채와 비교되게 대리석으로 지은 궁전들도 있었다. 푸른빛 수평선에 어촌으로 향하는 배들이 건너가고 있었다.

우리 네 사람은 보스포루스에 있는 시르케지 역에서 증기선에 올랐다. 통로는 무척 좁았다. 그 길에서 우리는 아무렇게나 옷을 입은 터키 여기자를 알게 되었다. 그녀는 작은 카메라를 가슴에 걸고 있었는데 남부의 신문사에서 근무한다는 청년과 함께 였다. 그는 주머니에서 담배를 꺼내 불을 붙였다. 증기선은 해변을 따라 방향을 잡았다. 해협에서 아시아와 유럽 방향을 차례로 기착했다. 우리가 아름다운 돌마바흐체 성을 통과할 때 여러 척의 배 뒤편으로 바닷새들이 원을 그리며 맴돌았다. 우리는 보도를 향해 약간 아래로 내려갔다. 한 미국인 여자 관광객이 이 아름다운 광경에 미국식으로 인사하려고 일어섰다. 그리고 자신의 속바지를 벗어 흔들었다.

우리는 초록의 산책로와 일디즈 궁전[36]의 제국주의 시절 잔재인 대형 파빌리온, 그리고 술탄 압둘아지즈가 재건축한 시라간[37] 성의 경계를 지났다. 그 성은 오늘날 대형 호텔로 바뀌었다. 우리가 대리석으로 장식된 전면을 통과할 때 그 건물이 투명한 물에 고스란히 비춰지고 있었다. 우리는 오르타코이[38]에서 멈췄다. 그곳에서는 남녀 예술가들이 모여 길 양 옆으로 그림들을 전시하고 있었다. 터키 청년 기자는 속옷을 벗었던 미국 여자 관광객과 동행해서 보스포루스 제방으로 모험의 길을 떠났다. 반면 그의 여자 친구는 가방을 든 채 사람들 속에서 그를 찾아다니다가 그냥 돌아왔다. 그녀는 남자 친구를 찾는 일을 포기했는지 우리와 함께 배에 올랐고 돌아오는 길까지 동행했다. 그녀는 여섯 개의 첨탑이 있는 술탄 아흐메드 사원에 도착해서야 우리와 헤어졌다. 그 사원은 아야 소피야 맞은편에 있었다.

"이 사원은 1609년에서 1616년까지 술탄 아흐메드 시절에 건축되었으며 '블루 모스크'라고 불리지."

그렇게 된 까닭은 건물 외벽을 덮고 있는 타일이 푸른색과 흰색이었기 때문이다. 콘스탄티누스 대제가 건축한 아야 소피야는 소실된 이후 16세기 유스타니아누스에 의해 재건되었다.

애거서 크리스티

이스탄불은 죽음의 맛이고 그 여류 작가의 비밀이다.

애거서 크리스티는 백여 권의 소설과 단편, 희곡을 쓰고 난 후 죽음의 맛을 대표하는 작가가 되었다. 그녀의 작품은 죽음의 비밀과 범죄의 수수께끼를 밝혀내는 데 주력했다. 그녀의 작품은 전 세계적으로 수십억 부 이상이 팔렸고 여느 남성 작가의 작품보다 유명하다. 한 해 판매부수가 셰익스피어 작품보다 삼십 배는 넘는다. 하지만 처음부터 그녀가 추리소설에서 두각을 나타낸 것은 아니었다. 그녀는 프랑스에서 교육 받았고 런던으로 돌아오기 전까지 파리에서 편하고 사치스런 삶을 누렸다. 런던에서는 재능 있는 피아노 연주자이자 오페라 가수로 그 누구도 대적할 자가 없을 정도의 목소리를 지녔다는 평을 받았다. 만약 그녀가 대중 앞에 서는 것을 부끄러워하지 않았더라면 세계적으로 유명한 오페라 가수가 되었을지도 모를 일이다. 젊은 시절 그녀는 아름다웠다. 금발에 푸른 눈, 그리고 전형적인 스칸디나비아인의 외모를 한 사랑스런 모습이었다. 하지만 유명해지고 난 이후의 모습은 무척이나 달랐다. 두꺼운 안경을 끼고 거친 머리결과 긴 코를 지닌 노파의 모습이었다.

애거서는 영국 왕립공군 장교 아치볼드 크리스티와 결혼했다. 그래서 그녀의 이름이 크리스티가 되었다. 이후 그녀는 1950년대에 바그다드로 동행하게 된 유명한 고고학자 맥스 맬로원과 재혼했다. 당시 그는 이라크에서 유명한 영국의 고고학자이자 『아시리아 식물 사전』의 저자인 캠벨 톰슨과 함께 작업 중이었다. 맬로원의 발굴 조사는 모술과 카부르에서 유명했다. 뿐만 아니라 캄실리, 차가르 바자르, 텔 브라크, 발리크 와디, 그리고 나무르드에서도 유명했다. 특히 나무르드는 실마나스르 성채가 발견된 곳으로 유명한 아카드의 군주 사르곤의 청동 두상이 발견된 곳이기도 하다.

애거서 크리스티와 남편 맬로원은 1940년대 말 바그다드의 와지리야 마을에서 거주했다. 자브라 이브라힘 자브라는 록시 극장에서 영화를 보고 나오다 그 부부를 알게 되었다고 한다. 그는 그녀가 유명한 추리소설 작가라는 사실은 몰랐고 단지 그의 남편이 유명한 고고학자라는 것만 알고 있었다. 부부는 그를 집으로 초대해서 차와 바그다드의 케이크를 대접한 적이 있다고 한다. 그는 여러 번,

격주에 한 번 이상, 그 부부의 집을 방문했지만 그녀가 유명한 작가 크리스티라는 사실을 몰랐다. 그저 평범한 부인이 남편을 찾아온 손님에게 케이크와 차를 대접하고 남자들 가까이 앉아 남편이 유물 조사차 사막으로 나갈 때 추위를 막아줄 양털 덧옷을 짜고 있는 모습을 보았을 뿐이었다. 어느 하루 우연히 그녀의 이름이 언급되었는데, 그녀는 자브라에게 웃으며 자신이 추리소설가 크리스티라고 말했다. 자브라는 그녀가 농담을 한다고 생각했다가 당시 바그다드에 거주하던 영국 작가 데스몬드 스튜어트가 그 사실을 확인해주고서야 믿게 되었다.

애거서 크리스티는 남편과 함께 방문했던 동양에 대해 많은 소설을 썼다. 그중에서도 가장 유명한 작품이 바로 『바그다드의 약속』, 『오리엔탈 특급 살인사건』이다. 첫 번째 작품은 티그리스 강 반대편에 있는 바그다드의 은행가에서 발생한 범죄이야기이고, 두 번째 작품은 남편을 만나 유럽에서 모술로 가는 오리엔탈 특급열차에서 벌어진 사건에 관한 것이다. 남편 맬로원은 비망록에서 이렇게 전하고 있다. 그가 어느 날 오리엔탈 특급열차에서 세 명의 유럽인 관광객과 식당칸에 앉아 있었다. 그중 한 사람은 유명한 프랑스 고고학자 발루드 샤피르로 마침 시리아의 우가리트 지방으로 가는 길이었다. 그곳은 1930년대 초에 그가 탐험 및 조사차 방문했던 곳이었다. 갑자기 그의 조수 조지 시니가 앞으로 오더니 맬로원에게 물었다.

“애거서 크리스티의 추리소설 『애크로이드 살인사건』을 읽어보셨나요?”

“물론이죠, 내가 애거서의 남편이니까요.”

하지만 발루드 샤피르는 그 말을 믿지 않았고 농담으로 여겼다.

크리스티의 소설에서는 오리엔탈 특급열차에서 살인 사건이 발생한다. 기차는 폭설이 내린 직후 한밤중에 이스탄불 역에 멈춰 선다. 아침이 되어 경비원은 자신의 구역에서 한 미국인 여행객의 주검을 발견한다. 그 미국인은 전날 밤 한 차례 어떤 이와 말싸움을 벌였다. 벨기에 출신의 형사 에르퀼 포와르는 엉뚱한 만큼 상상력도 뛰어난 인물로 이미 서른세 편의 소설에서 범죄자들과의 두뇌 싸움에서 승리했다. 그 역시 기차의 후미에 머물고 있었다. 사건들은 이스탄불을 향해 거침없이 몰아치고, 유명한 베이올루 근처의 호텔 투크타얀에서도 진행된다. 그곳에서도 역시 호기심 많은 제인 마플 부인이 등장한다. 그녀는 전 세계적으로 추리소설에서 가장 유명한 인물이다. 또한 그녀는 유명한 벨기에인 형사가 사건의 단서를 풀어나가는 데 실질적인 길잡이이기도 하다.

어느 날 나는 친구들과 함께 피에르 로티 카페에 앉아 있었다. 우리는 1928년 크리스티가 이스탄불에 거주할 때 묵었던 페라 팰리스 호텔에 가 볼 결심을 한 상태였다. 그 호텔은 바그다드에서 오는 오리엔탈 특급열차의 여행객들을 받을 목적으로 1892년 건설되

었다. 많은 예술가와 정치인들이 그곳에 묵었다. 최근 호텔은 수리를 마치고 새 단장을 기념하여 크게 축하행사를 한 바 있다. 애거서 크리스티는 411호실에 묵었는데『오리엔탈 특급 살인사건』을 집필한 까닭에 그 방이 유명하게 되었다. 상상해 보자면, 당신은 여간첩 마타하리와 함께 여행을 하고, 첩보원 킴 필비와 더불어 여기저기를 어슬렁거리고, 헤밍웨이가 늘 앉아서 다음 소설을 구상하던 소파에 그와 함께 앉는, 이 모든 것이 가능하다는 것이다. 문제는 아랍세계에 그런 장소가 몇 개나 있는지, 카페는 몇 군데이고 그런 집은 또 몇 곳인가 하는 것이었다. 문인들이 드나들었던 장소였지만 누구 한 사람 관심을 보이지 않았다. 페라 팰리스 호텔은 방문객들에게 충분히 유혹적인 장소였다. 세계 전역에서 온 관광객들, 유럽의 기자들, 아프리카의 작가들, 우리 모두 애거서 크리스티가 머물렀던 방을 보기 위해 들어갔다. 사실 이 이야기는 타마란 란드라는 점쟁이와 함께 시작되었다. 그녀는 어떤 초혼(招魂) 모임에서 크리스티의 영혼에 접했다고 주장했다. 크리스티의 영혼은 그녀에게 잃어버린 수첩—수수께끼를 푸는 수첩—을 넣어둔 상자의 열쇠를 이스탄불의 페라 팰리스 호텔 411호에 두었다고 했다는 것이다. 그 소식은 마치 폭탄처럼 전 세계 언론을 뒤흔들었다. 터키 언론과 외국 기자들이 페라 팰리스 호텔로 몰려들었고 모두들 411호에 들어갔다. 현장은 로스앤젤레스로 생방송되었고 그 방은 철저하게 파헤쳐졌다. 모든 것이 위성을 통해 미국 텔레비전으로 전송되었다. 마침내 사람들은 8센티미터 가량의 녹슨 열쇠를 하나 찾았다. 그러나 상자는 당연히 없었다! 그녀에게 오래된 것은 귀중한 것인가? 애거서 크리스티의 영국인 손녀는 그렇게 물었다. 시인이었던 손녀는 할머니가 1950년대에 방문했던 장소들을 사진으로 남겨 두기 위해 바그다드에 왔었다.

"대부분이 이미 파괴되었고 땅 속에 묻혀 있던 것들도 다 없어졌어요."

맬로원과 같은 고고학자와 결혼한 애거서 크리스티는 무엇 때문에 추리소설을 쓰게 된 걸까? 손녀는 말했다.

"할머니가 나이 들었을 때 남편에게 더 가치 있는 사람이 되기 위해서였죠."

나는 스스로 물었다. 우리는 왜 나이가 들면 자기가 지니고 있던 것의 가치를 줄이는 걸까?

2장

테헤란

: 시장, 사원 그리고 시인

알 부르즈 산맥[39]의 시인

"잘 알려진 좁은 산길에서 멀리 숨어서 지나갔다. 그곳의 모든 숲과 다리는 노래를 아네."
—아흐마드 샤믈루

나는 예언자 다니엘의 여행에 대해 이야기하려는 게 아니다. 그렇다고 위대한 사냥꾼의 모험을 이야기하려는 것도 아니다. 그저 테헤란과 페르시아 고전문학 그리고 위대한 칸 『샤나마』[40]에게로 향하는 여행을 말하고 싶을 뿐이다. 비록 내가 작은 카페에서 자미, 하피즈 혹은 알 시라지의 시나 물라 사드라, 압둘 카림 소루쉬의 글을 읽는 시인들을 알지는 못하지만.

아타튀르크 공항에서 비행기를 타고 아름다운 이란의 밤을 지났다. 구불거리는 알 부르즈 산맥 위로 새로 펼쳐진 새벽이 걸려 있었다. 테헤란은 하얀 안개에 휩싸여 있었다. 택시 기사는 호텔에 도착하자 엄청난 금액의 팁을 요구했다. 그것도 달러로. 내가 백만장

자나 그쯤 되는 부자인 줄 알았나 보다. 나는 그의 코앞에 손가락을 높이 치켜들고 "지옥으로 떨어져!" 라고 말했다.

아자디 호텔에서는 모든 것이 정상의 범주를 벗어나 있었다. 예를 들어 객실 열쇠를 넣으면 문이 열리지 않는다. 왜냐하면 다른 객실의 열쇠이므로. 여행 가방은 기다려도 도착하지 않는다. 왜냐하면 직원이 다른 건물의 객실로 가져갔으므로. 접수처의 여직원은 역사적 도시에 걸맞게 아름다운 미모를 지녔다. 그렇지만 한 순간에 내 여권을 잃어버리는 실수를 한다.

이란의 여성 시인 마으수마 아스피는 로비에서 나를 껴안더니 성직자로 보이는 사람이 있는데도 아랑곳하지 않고 내게 키스했다. 그녀는 나를 전통 있는 다르반디 식당으로 안내했다. 우리는 마법의 선율이 흐르는 그곳에서 옻나무에 구운 이란식 케밥을 먹었다. 그곳 여자들은 담배를 피우고 머릿수건은 벗어버린 차림이었다. 차도르는 이제 더 이상 옛날 차도르가 아니었다.

나는 널찍한 도로를 보고 크게 놀랐다. 그곳에는 서늘한 그림자를 드리운 채 오가는 멋진 여성들이 있었고 알 카자르[41] 시대에 심어져 지금까지 잘 자라난 상록수 수백 그루가 뿜어내는 향기가 있었다. 집들은 모두 아름답고 창문마다 색유리로 장식되어 있었다. 카라반사라이 시장은 낮은 지붕이 있는 회랑으로 연결되어 있었고, 그 옆에는 샤 사원과 부속학교들이 보였다. 이 모든 것이 내게는 놀라운 광경이었다. 저녁에 우리는 카라지[42] 산의 산길을 걸었다. 정상은 단단한 포장으로 덮여 있었다. 우리는 아름다운 켈라르다쉬트[43] 리조트에 들어섰다. 람사르[44] 리조트에 접한 해변의 맑은 물에서 수영을 하고 고대 유적지를 방문했다. 우리는 카스피 해까지 닿아 있는 민속시장을 돌아보고 알 부르즈 궁전과 루스탐[45]의 조각을 직접 보았다. 그리고 하피즈의 무덤 앞에 멈춰 섰다. 하늘을 향해 날아오르는 정신의 상징처럼 높이 솟은 지붕 앞에서 우리는 아랍 시에서 큰 영향을 받은 페르시아 시인 하피즈에 대해 이야기를 나누었다.

"로마어가 라틴어에 영향을 준 것처럼 아랍어는 페르시아어에 영향을 주었어요. 알 루미, 알 카이얌, 사아디, 하피즈, 나시르 후스로, 알 아타르, 자미 모두가 코란과 자힐리야 시대[46]의 시, 우마위야 시대[47]의 시, 압바스 시대[48]의 시에서 영향을 받았지요. 사아디는 알 무타납비의 시를 표절했고, 피르다우시는 그의 인종적인 문제에도 불구하고 자신의 시집에 아랍어 사용을 피할 수 없었지요."

마으수마 아스피는 내 팔을 낀 채 다른 한 손으로는 머리에서 미끄러져 내려오는 머플러를 잡으려 하면서 이렇게 말했다.

그녀는 다른 시인들에 대해서도 말했다. 바흘라위가 살해한 미르저데 애쉬기, 어레프 가즈비니, 통치자 샤에 반대하는 내용의 시로 인해 입에 박음질을 당한 파르키 야즈디, 알 카자르 시대 아미르이자 시인이었던 이라저 미르저는 가잘[49]과 은유적 사랑의 시를 섞

어 당시 정치인들과 그 밖의 여러 인물들의 자손을 비방하는 시를 썼다. 또한 파르윈 에터서미는 자신의 정감 어린 시에서 이야기와 충고의 형태로 인간적인 색채를 보였다.

우리는 여러 군데 시장과 거리 그리고 넓게 펼쳐진 광장을 함께 걸었다. 우리는 그곳의 이발관 앞에서, 혹은 고수풀과 아몬드를 파는 장사치나 대형 서점, 채소와 약재상, 펩시콜라와 샌드위치를 파는 음식점 앞에서 사진을 찍었다. 그곳 사람의 얼굴들은 서덱 헤더야트의 이야기에 등장하는 바자르 상인의 모습을 떠올리게 한다. 더불어 1950년대 파리의 한 아파트에서 자살한 그 작가도 기억하게 만든다. 또 이 얼굴들은 알라비의 작품 『그녀의 눈』과 그 등장인물들을 기억나게 한다. 나집 마흐푸즈를 페르시아 문인으로 간주한 마흐무드 다울라트아바디의 인물들, 여러모로 가다 알 삼만과 닮은꼴인 포룩 파록저드도 마찬가지이다. 레자 바라헤니 작품의 인물들과 호메이니가 싫어했던 연극인 사이드 솔탄부르의 작중인물들도 떠올랐다. 우리가 서 있던 서점 앞에 페르시아어로 번역된 외국 책들이 진열되어 있었다. 프루스트, 토마스 만, 막심 고리키, 나집 마흐푸즈, 가다 알 삼만, 따하 후세인, 타우픽 하킴, 갓산 카나파니, 바야티, 마흐무드 다르위시, 압둘 라흐만 무니프, 나직 말라이카, 사미흐 까심 등 유명한 동서양의 작품들이 있었다. 한 청년 작가가 우리에게 말했다.

"검열이 어찌나 심한지… 조이스의 『율리시즈』나 플로베르의 『마담 보바리』 같은 책은 번역 출간이 금지랍니다."

나와 마으수마 아사피, 그 청년 작가는 함께 걸어서 기차역에 도착했다. 우리는 카페를 찾지 못해 식당에 앉았다가 많은 행인들이 있는 아잠시드 거리 쪽으로 내려갔다. 짙고 조용한 그늘 아래 앉았다. 차가운 공기가 얼굴을 훑고 지나갔지만 우리는 시에 대한 이야기에 점점 더 빠져들었다.

마으수마 아스피는 내게 전통적인 시의 전설을 모조리 파괴한 알리 에스판디아리에 대해 이야기했다. 이어서 슬픔의 시인 나이마에 대해 이야기하기 시작했다. 그 시인의 유명한 시 구절이다.

"이것은 내 손에 있는 너의 두레박이다. 나는 당신의 우물. 아주 멀리서도 물로 표시하네."

그녀는 파르비즈 나텔 칸라리와 무함마드 후세인 샤흐리여르, 그리고 페리둔 타발랄리에 대해서도 이야기했다. "하이데르 파파여, 평화를!"이라고 외쳤던 바하자트 타브리지를 언급하기도 했다. 그 시는 터키어로 씌어진 것으로 알려져 있다. 마으수마가 언급했던 시인 중에는 이란적인 산문시를 썼던 아흐마드 샤믈루도 있었다. 그녀는 샤믈루의 형이상학적인 시에 대해 막힘없이 이야기했고, 시인이 미지의 세계화에 대한 두려움에 떨었다는 설명까지 해주는 바람에 나는 적잖이 놀랐다. 나는 전율하는 샤믈루를 비만이라고 느꼈었다. 샤믈루는 슬픔이 안개처럼 싸인 공기 속에서 목 놓아 울었고, 보석 알로 된 묵주의 은줄을 뜯었다. 샤믈루의 시 세계는 릴케와 바루도스키를 섞어 놓은 것으로 그의 시는 시간과 공간이 원인이 된 사건을 노래한다. 하지만 사건의 형태는 결국 언어에서 실현된다.

샤믈루는 산문시를 백색시라고 부르곤 했다. 그것은 전형적인 시의 형태를 보이지는 않는다. 산문시는 리듬과 감각적인 음악, 시의 전형 그리고 저항적인 사상을 필요로 하지 않는 춤과 같다. 이런 종류의 시는 포룩 파록저드도 쓴 적이 있다. 여류 시인 포룩은 숨겨진 것과 공포의 홍수 속에서 숨길 수 없는 바다에 관한 시를 썼다.

메흐디 아카반은 실망과 우울의 시인이다. 닫힌 문들, 칼라에 꽂힌 머리들, 감춰진 손들. 그리고 나무는 크리스털의 뼈대를 하고 있고, 대지는 시체의 심장이고 하늘은 지붕을 낮게 덮고 있다.

소흐랍 세페흐리 알 사르얄은 지식과 금욕주의 수도사가 혼합된 성격을 띤다. 세페흐리는 얇은 도자기 그릇을 깨지 않으려고 조심조심하는 당신들의 두려움을 그대로 표현했다.

우리는 오랫동안 앉아 있었다. 사람들의 얼굴과 나무와 길을 응시했다. 우리는 그렇게 오랫동안 앉아 있었다. 흰 새들을 바라보았다. 새들은 넓게 열린 하늘에 매달려 있었다. 우리는 오랫동안 앉아 있었다. 칠흑 같이 어두운 테헤란의 밤에 거친 손과 경직된 얼굴을 한 이들에게 살해당한 시인들을 떠올리며 그렇게 앉아 있었다.

밤은 이미 꽤 깊었고 마지막으로 우리는 미단 카비르 지역을 걸었다. 그곳은 카자르 시대 이래 쭉 활기차고 번성했던 곳이다. 찬바람이 우리 얼굴을 치고 지나갔다. 포도주를 마신 탓인지 혹독한 습기가 우리를 얼얼하게 만들었다. 우리는 작은 가방에 포도주를 숨겨 왔다. 밤늦은 시간이었다. 공기는 점점 더 차가워졌고, 끝이 뾰족하고 긴 상록수는 바람 따라 허공 높이 휘파람 소리를 내고 있었다. 아스팔트는 도로 위에서 잘 견디고 있었다. 그리고 등잔불은 맞은편의 여자들을 비추며 흔들리고 있었다.

테헤란, 사원에서 시장까지

밤의 심연으로부터 그리고 어둠의 그 끝에서 나는 말한다.
밤의 심연 밖에서 나는 말한다.
만약 내 집에 온다면, 친구여……
내게 등불과 즐거운 행인들을 볼 수 있는 창을 가져다주오.
—여류 시인 포록 파록저드

테헤란은 기쁨과 행복이 충만하고 순수함이 반짝이는 도시다. 테헤란은 커다랗고 아름다운 산맥에 둘러싸여 있다. 테헤란은 여기저기 있는 사원의 황금 돔이나 푸른빛의 유약을 바른 아름다운 돔으로 광채가 나는 도시다. 그 도시는 봄이면 만개한 오렌지 나무의 향기가 진동하고, 대지와 광장, 도로, 플랫폼이 온통 장미로 뒤덮이는 아름다운 장관을 연출해낸다.

장미로 장식된 이 도시는 마치 내가 천일야화의 성채에 있는 듯한 착각을 갖게 한다. 어떤 마법에 걸려 꿈을 꾸는 듯한 착각. 당신은 매 순간 다양한 색으로 펼쳐지는 영광을 경험하게 된다. 그 다양한 색은 끝없는 초원을 뒤덮고 혹은 산 가까이에서부터 하얀 꽃으로 벌판을 뒤덮고 있거나 숲이 물결치듯 보이게 만든다. 이른 아침 시간에 파라다이스의 평화는 찬란한 빛 속에서 취한 듯 펼쳐지고 빛나는 태양 아래에서 느슨한 자세를 취한다.

테헤란의 하얀 저녁에 우리는 추위로 빰이 얼얼할 정도였다. 주변의 모든 것이 두터운 안개의 어둠 속으로 가라앉았다. 그곳에서 걷고 있는 우리와 우리가 아닌 것들이 구분되지 않을 정도였다. 이렇듯 빛은 흔들리고 안개로 뒤덮인 실체로부터 열어져 점으로 발산되었다. 점으로 보이는 불빛은 빛 속에서 헤엄치듯 움직였다. 하늘에는 두터운 연기가 가득한 공간이 있었다.

5헥타르에 달하는 아자디 광장은 세계에서 가장 넓은 광장이다. 저녁 늦은 시간인데도 흰색 대형 버스가 광장에 막 도착했다. 그 버스는 미국과 영국에서 온 관광객들을 실어 나르고 있었다. 두꺼운 구름이 텅 빈 광장의 풀잎에까지 뻗치고 있었다. 청소차가 광장에 들어왔고, 어둡고 차가운 밤공기 속에서 어린아이들의 목소리와 새된 고함이 높게 들렸다. 조용히 광장을 달리는 자동차의 열린 창문을 통해 우리에게 가까이 다가오는 얼굴들이 있었다. 마으수마는 청소차들과 불빛 아래 습기를 머금은 보도, 버스에서 내린 소규모의 관광객 무리 그리고 회색의 두터운 어둠으로 둘러싸인 거대한 광장을 바라보고 있었다. 그것은 마치 지난 몇 년 동안 한 번도 일어나지 않았던 아주 새로운 광경 같았다. 사실, 이란 정부는 외국인 관광객에게 테헤란 방문을 허용하지 않았었다.

하지만 새로운 개혁 정책은 미국 관광객들에게 테헤란 방문을 허용했다. 물론 보호자라는 명목으로 이란인과 동반해야 한다는 조건이 붙었다. 넓은 광장에 여러 대의 버스가 멈춰 섰다. 그곳에는 커다란 판자에 이런 문구가 써 있었다.

—미국 망해라!

구호! 그 지역 전체에 구호가 넘쳐났다. 알 샤브 신문 기자인 하미드 사흐라비는 그날 우리와 함께 다니고 있었는데, 윗옷의 깃으로 목을 감싸면서 이렇게 말했다. "이런 구호는 정말로 지긋지긋해. 펩시콜라 선전보다도." 그는 매우 왜소한 체구였는데 어느 정도 긴장한 듯 보였다. 그의 얼굴은 걱정을 품어 어딘가 낯설어 보였다. 그의 두 눈은 꿈꾸는 듯했다. 저녁에 그는 마법 같지만 음흉하고 단호한 걱정에 사로잡혔다.

"날씨가 추워." 나는 그들에게 말했다.

"저녁에는 안개가 끼지만 아침이 되면 많이 좋아질 거야."

우리는 인접해 있는 지역으로 가는 매끄러운 대리석 계단을 올랐다. 바로 그곳에서 날카로운 봄의 향기를 맡았다. 젖은 돌과 조용하고 달콤하게 떨어지는 물을 만났다. 우리는 작은 길 위를 아주 느리게 걸었다. 풀이 난 그 길은 사람들이 겨우 걸어갈 수 있는 만큼의 넓이로 좁았다. 우리는 어두운 습기와 그 시간이면 내려앉는 하얀 안개를 보고 있었다. 안개는 이 도시의 광경을 감추기 위해 알 부르즈 산맥에서 부러 찾아오는 것 같았다. 이보다 아름다운 광경은 없다. 우리는 그 봄에 익숙하지 않은 기이한 광경을 보았다. 안개가 이 도시에 자리를 잡았다. 도시는 그 흰옷을 입은 채로 사람들과 등불의 빛, 호텔, 성채, 다리 위 가로등, 운하의 돌 등 저녁의 모든 풍경을 뻐기듯 내세우는 것처럼 보였다. 저녁의 삶은 두터운 덮개로 목을 조여 죽은 듯 어디에나 퍼져 있었는데, 빛은 그 도시에서 아무 쓸모없는 것 같았다.

식당 종업원이 서둘러 문을 열어주었다. 그는 우리가 자리를 잡을 수 있도록 도와주었다. 커다란 등잔 두 개가 열어지는 불빛으로 겨우 지키고 있는 홀에서 차가운 가죽 의자에 앉게 되었다. 우리는 담배에 불을 붙여 아주 완벽한 휴식의 한 모금을 빨아들였다. 마으수마는 종업원이 가져와 식탁에 놓아둔 코코넛을 먹으려 했다. 우리는 유리창 너머로 거리를 응시했다. 담배 연기를 유리창에 내뿜자 넘치는가 싶더니 금세 아래로 미끄러졌다.

그 유리창을 통해 우리는 테헤란을 바라보았다.

10세기에 『여러 길과 왕국들』[50]에서 알 이스타크리가 언급한 테헤란은 사파비 왕조[51]가 그곳을 건설하기 이전에는 단지 하나의 작은 촌락으로 묘사되어 있었다. 위대한 테헤란은 몽골의 침공으로 관개시설까지 폐허가 된 이후 재건된 것이다. 이후 사람들은 그곳으로 이주했고, 오늘날 이슬람의 거대한 도시이자 공식 이슬람을 반대하는 땅[52]으로 남아 있게 되었다. 역사적으로 테헤란은 농경지가 번창하고 수목이 울창하며 식물이 활기차게 자라나는 곳이었다. 이는 그 지역이 과일 수확량이 많고 대도시에까지 알려질 만큼 아름다운 정원으로 유명했던 일개 촌락에서 점차 현대적인 도시의 형태로 발전했음을 보여주는 것이다. 사파비 가문의 샤 타흐마십은 테헤란을 왕조의 행정 중심지로 선택했다. 그의 명령에 따라 대규모의 정부 관청들이 건설되었다. 성채와 대문들도 건설되었다. 그러다 이 작은 도시는 알 진드 부족 시대에 와서 군사도시로 탈바꿈하게 된다. 그 일은 카자르 왕조의 초대 군주인 아가 무함마드 칸의 치하에서 벌어진다. 그는 1789년 테헤란을 수도로 선언하게 된다.

카자르 군주 샤 파티흐 알리 말리크가 건설한 대규모 성채였던 테헤란은 샤 나세르 딘 치하에서 여러 개의 문과 사원이 추가로 건설되었다. 현재까지 유물로 남아있는 대 투브카나 광장과 군사 용도의 건물들도 그때 건설되었다. 이것이 오늘날의 테헤란이다. 여름 저녁의 고요함에 졸음이 오고 비틀거리는 인생이 있다. 다마판드 산맥에서 불어오는 서늘한 공기는 여름밤의 추위를 더해준다. 일년 내내 줄지어 만개하는 꽃으로 가득한 정원들. 행인들은 점점 더 많아진다. 넓은 도로 너머 좁은 산길에 혹은 작은 도로에 나무들이 줄지어 서 있다. 위쪽에 자리 잡은 도시로부터 흐르는 물길이 깊고 넓은 수로를 따라 내려온다. 이 풍경을 봄에 보면 작은 개천이 흐르는 것처럼 보이리라.

이곳에는 작은 카페들이 아주 많았는데, 아침이면 숲 속에 새집을 짓고 기다리듯 사기꾼들의 호객 행위가 난무했다. 우리가 끌린 곳은 약간 오래된 느낌이 나는 곳이었다. 낡은 가죽 소파에 앉아 옻나무에 익힌 케밥을 먹고 차를 마셨다.

테헤란 남부에 위치한 시장에 들어섰을 때 짙은 고수 풀 향과 양 가죽 냄새를 맡았다. 높이 쌓여있는 무더기에서 기도용 깔개를 펴낼 요량으로 양모를 두들기는 소리도 들었다. 그것은 마치 우리가 필사본을 펼 때 두들기는 것과 같았다. 우리는 그곳의 점포에서 페르시아인의 얼굴을 보았다. 아랍인, 벨로루시인, 몽골인까지. 그들은 아마 이런 표현을 원하지 않겠지만 우리는 인종이 혼합된 이란을 보았다. 우리는 머리에 술 달린 이마마[53]를 쓴 사람들과 가죽으로 만든 꿉브아[54] 그리고 톨스토이가 썼던 것과 흡사한 모자를 쓴 사람들을 보았다.

테헤란에서 시장은 그 지역의 중심지이다. 단지 상거래만 하는 곳이 아니라 결혼, 정치 등 사회생활과 사람들 간의 소통과 관계가 두루 이루어지는 곳이다. 그곳은 항상 열려 있는 곳이기도 하다. 종교적인 행사도 열리고, 낮 시간에는 일의 성격상 고귀한 활동도 이루어진다. 당신은 그곳에서 왁자지껄 흥정하는 소리, 짐꾼들이 외치는 고함 소리, 각지에서 몰려드는 여자와 남자들이 떠드는 소리를 듣게 된다. 양쪽으로 즐비하게 늘어선 물건들. 당신은 당신이 아주 좋아하는 것들을 발견하게 된다. 기도용 깔개, 보석, 가죽, 비단, 금, 동으로 만든 공예품. 그곳의 점포들은 미단 사바자 지역에서 시작해 10킬로미터나 늘어서 있다. 물론 그곳에는 문이 여러 개 있고 그 문마다 지키는 보초들이 있다. 탁 트인 장방형의 안마당에는 그늘이 있는 오두막도 있다. 한여름의 열기를 식혀주는 작은 분수도 여러 개 있다. 상인들 중에는 땅에다 물 뿌리는 사람도 있어 가끔 미끄러운 곳도 있다. 당신이 걸을 때 주의 깊게 봐야 할 것은, 주인들이 짐을 잔뜩 실은 짐꾼들을 경계하는 광경이다. 짐꾼들은 사람들이 붐비는 틈을 타서 재빨리 다른 길로 새곤 하기 때문이다. 바그다드 시장의 페르시아인들은 내게 진작 짐꾼들을 조심하라고 단단히 일러준 바 있었다.

피르다우시에서 소루쉬까지

테헤란은 시인 피르다우시의 숙소이자 그의 서사시이다. 시골에서 올라온 억압받고 빚에 쪼들린 백성은 끊임없이 희생을 견뎌왔는데 오늘날에는 성스러운 무력으로 그 도시를 통치하고 있다. 당신이 한 세대에서 다음 세대로 이어지는 발전을 보듯 영구히 물려받은 것이 있고, 프랑스 건축가 안드레아 구달이 설계한 고대 박물관에서 당신이 보는 것처럼 고정된 것이 있다. 예를 들자면 고대의 수제품, 고대와 현대를 아우르는 아름다운 유리 수집품, 이 세상 어디에도 견줄 데가 없는 양탄자 박물관, 사아드 아바드 궁전[55], 전직 샤의 거주지, 흰색과 초록색의 성채들, 다이아몬드, 사파이어, 에메랄드 같은 보석으로 장식된 가구들이 내뿜는 광채, 영국인 관광객들조차 영국의 왕관은 이에 견줄 것이 못 된다고 생각하게 만드는 보석 박물관 등이 있다. 유일한 이 장소에서 반짝이는 모든 것은 대지의 신선한 풀잎 위에서 고개 드는 봄꽃, 아름다운 여인의 눈, 공터에서 인고의 세월을 보낸 고목, 공기의 순환이 잘되는 공간, 어떤 혼합도 용납하지 않는 추위가 있다.

알 부르즈 산맥의 정상을 감싸고 있던 테헤란의 안개가 우리마저 감쌌다. 그날 우리는 아침까지 꼬박 밤을 샜고 호텔로 가기 전 하미드 사흐라비의 집에서 오후 늦게까지 잠을 잤다. 그러다가 고대 유적지를 보고 싶은 마음에 일어났다. 우리는 서둘러 그의 집에서 나왔고 길에서 담배를 사려고 잠시 멈췄다. 담배 장수는 이상하게 생긴 타키야[56]를 쓰고 주유소 앞 채소가게와 털을 가지런히 정리하는 사람 사이에 앉아 있었다. 마으수마 아스피는 우리에게 고대 박물관을 보고 알아낸 테헤란의 비밀과 예술의 모호함에서 찾아낸 비밀을 말해 주곤 했다. 하미드 사흐라비는 우리에게 수레 타는 법을 보여주었다. 그 수레는 아주 오래 전부터 이용되던 운송 수단으로 말이 끄는 것이었다. 이것저것 하는 대신에 우리는 타즈리쉬 시장에 갔고 그곳을 한 시간 가량 돌아다녔다. 우리는 여러 군데 아름다운 박물관도 방문했다. 그리고 마르쉬드 자으파르부르로 향했다. 우리는 투샬의 꼭대기까지 올라갔다. 기이하게 생긴 동굴 근처에서 서양 장기 놀이를 했다. 우리는 파티마[57]의 출생을 기념하는 생일잔치에 참석했다가 야외수영장으로 갔다. 마으수마는 옷을 입은 채 수영을 했다. 우리는 테헤란 남부의 어느 공원에 앉아 있었다.

저녁에 우리는 버스를 탔고, 모래가 산더미처럼 쌓여 있는 카샨 사막을 보고 만족감을 느꼈다. 거리는 조용하고 아름다웠다. 날씨는 더할 나위 없이 맑았다. 부드러운 공기가 우리 얼굴을 두드리고 머리카락에 장난을 걸었다. 우리가 호흡하는 달콤한 냉기는 또 다른 언덕을 오를 수 있는 새로운 에너지를 주었다. 몇 시간 후 우리는 카라반사라이에 있는 시장에 들어서며 거친 숨을 몰아쉬었다. 그곳에서 광장에 웅크리고 앉아 있는 남자를 닮은 오래된 터를 보았다. 우리는 시장의 좁은 통로를 빠른 속도로 걷다가 낮은 지붕 아래 앉았다. 이어 여러 채의 집 사이로 넓게 그늘을 드리우고 있는 거대한 나무 위에 올라갔다. 서늘한 그림자가 우리를 에워쌌다. 주위에는 아주 오래된 수백 그루 상록수가 있었는데 그 나무들에서 뿜어져 나오는 향기가 우리를 에워쌌다. 사원 근처의 식당에서부터 한 이라크 청년이 우리와 동행했다. 앞서 우리는 그를 사파비 왕조의 아름다운 저택에서 우연히 만난 적이 있었다. 그곳의 안마당과 방 그리고 색유리창은 눈요기로 충분할 정도의 즐거움이었다. 그 저택의 한 귀퉁이에 있던 불이 지펴진 난로에는 불꽃이 제대로 타오르고 있었고, 폭이 넓은 소파와 흰색 새틴 천으로 겉을 씌운 팔걸이의자도 있었다. 카자르 왕조의 공주 복장을 연상시키는 화려한 옷을 입은 아름다운 여자가 서툰 영어로 이야기했다.

우리는 이란의 사상가로 이슬람의 교서를 쇄신하는 데 있어 가장 혁명적인 사고를 지닌 압둘 카림 소루쉬의 제자라는 청년을 알게 되었다. 우리는 세계적 사상과 문화 운동 그리고 이슬람 쇄신과 그것이 현대 사회와 문화의 변화를 위해서 적합하다는 의견에 대해서 이야기를 나눴다. 또한 압둘 카림 소루쉬의 놀라운 사상과 그가 서구에서 파티마 메르니시, 사딕 잘랄 알 아듬과 더불어 에라스무스 대상[58]을 수상한 사실도 이야기했다. 우리의 대화는 계속 이어졌다. 알리 샤리아티의 몇몇 저서와 그가 이슬람 개혁에 관해 보이는 견해, 서구의 현대화에 순종함으로써 이슬람 개혁을 희망하는 다르위시 샤이간의 사상과 알리 샤리아티의 사상이 서로 영향을 준다는 의견, 무함마드 아르콘과 그가 이슬람의 현상을 읽어내는 데 있어 혁신적인 방법론을 채택한다는 견해, 소루쉬를 존경하는 하버마스가 테헤란 대학에서 강의를 했던 일 등에 대해서도 이야기를 나누었다. 그 청년은 사상 관련 잡지 발행을 계획하고 있다고 말하면서 내게 번역과 출판을 부탁했고, 우리는 다음날 호텔에서 만나기로 약속했다.

위풍당당한 성채의 길쭉한 창문, 모슬린 커튼으로 가려져 있는 창문, 장엄하게 펼쳐 있는 아름다운 양탄자, 소파 위에 있는 여러 개의 쿠션. 끝모를 사치와 화려한 생활의 흔적을 보면서 그런 사람들의 인생에 있어 '새로운 것은 무엇일까?' 하는 의문을 떠올렸다. 그들의 군주가 보여 준 강압과 폭력, 힘, 과장, 도에 지나친 행위, 용기, 삶, 사상 따위는 백성들에게 그런 의문을 갖게 했을 것이다. 그 삶이란 살인 아니면 살해당하는 것, 검은 색 아니면 흰색이었다. 나는 소루쉬에게 감명 받고 자유이슬람을 통해 소루쉬가 이루어낸 것이 기적이라고 믿으며 소루쉬의 사상을 열광적으로 흠모하는 이 청년을 모순된 감정으로 바라보았다. 나 역시 소루쉬에게 감명 받았고 그의 사상을 존경한다. 그런데 나는 이미 우리가 대중적으로 형성한 바 있는 문명과 단절하는 일은 불가능하다는 걸 깨달은 터였다. 이슬람법인 샤리아의 원칙으로 회귀하는 것 역시 불가능하다는 걸 알고 있었다. 샤리아티의 사상은 자말 알 딘 아프가니와 무함마드 압두가 시도했던 것과 유사한 사상이다. 그들은 통치를 위해 이슬람을 현대 생활과 조화를 이루도록 개혁해야 한다고 주장했다. 하지만 세상은 샤리아티의 사상이 가능하다고 평가하지 않았다. 그렇다면 이슬람 내부로부터의 개혁을 제외하곤 그 어떤 해답도 없는 것인가? 이슬람의 프로테스탄트 혁명이란 하버마스가 압둘 카림 소루쉬의 사상을 진리라고 불렀던 것처럼 그런 것인가?

소루쉬는 이븐 루시드 이후로 가장 위대한 사상가이자 이슬람 철학자이다. 그가 이슬람 문명에 대해 보이는 입장은 한편으론 서민적이고 다른 한편으론 논리적이다. 그는 이미 이슬람 철학의 흐름을 서양 사회의 학문과 함께 엮으려고 시도했다. 그런 까닭에 서구 철학자들은 그를 '이슬람의 루소', '이슬람의 에라스무스'라고 불렀다. 그의 주장은 이란에서 종교혁명의 혼란과 분노가 한창이던 와중에 제기되었다. 그의 용감한 주장은 현대 서구 사상과 이슬람이 상호 안정을 꾀하자는 것인데, 특히 '민주주의'와 '인권'에 초점이 맞춰져 있다. 소루쉬의 철학은 독보적인 텍스트이고 하나의 연설을 만드는 데 다양한 분야를 섞어서 응용한다. 그는 마치 약사가 조제하듯 역사를 평가할 때 철학, 학문, 코란 주석, 페르시아의 시를 두루 이용했다. 그는 시가 현상을 읽어내는 방법이 되게 한 최초의 사람이다. 그의 텍스트에는 깊이 있고 신뢰할 수 있으며 현실적이고도 시적인 어떤 것이 존재한다.

철학자, 수피[59] 수행자, 시인

"나는 진짜 대단한 아름다움을 알고 있다.
거대한 행복의 상태와 같은 것도 알고 있다.
나는 당신 사랑의 노예이고
다른 모든 세상에서 나오는 열정이다.
낙원의 새처럼.
만약 내가 당신으로부터 분리된다면
나는 인생의 덫으로, 세속적인 비극으로
떨어질 것이다."
—하피즈 시라지의 「연시」 중에서

카샨에서 출발한 우리는 자얀데 강가에 있는 낯선 도시 이스파한으로 갔다. 사람들은 강둑에서 투망을 사용하는 정통 기법으로 물고기를 잡고 있었다. 그곳은 사람들이 덧없이 사라지는 것이라고 생각하지 않는 지혜의 땅이었는데, 사람들은 오히려 지혜를 하나님께서 주시는 희망으로 생각하고 있었다. 그곳은 지상에 있는 아름다움의 실체 그 자체였다. 봄, 촉촉한 우아함, 황금빛 저녁, 여름의 그늘 아래 사원 근처에 있는 돌의자에 앉아 있는 여유. 그곳에는 인간에게서 죽음의 공포를 떨쳐내는 믿음 이외에는 아무것도 없었다. 길에서 본 수피 수행자들은 배회 중이거나 대단한 단순함과 열정으로 어떤 장면 앞에 멈춰 있었다. 하나님의 이름으로 밤새 기도하며 통곡하는 그들 사이에서 한편의 파노라마가 펼쳐졌다. 상록수와 플라타너스, 졸졸 흐르는 물소리, 노래하는 개똥지빠귀, 메추리 소리, 얼음이 든 생강 음료.

정오에 우리는 그 도시의 상징적이고도 전통적인 장소에 들렀다. 시장, 광장, 사원, 성채, 자프 강을 따라 활처럼 휘어진 형태로 있는 유명한 여러 개의 다리. 우리는 요새 근처의 거대한 광장에서 달렸다. 높은 파도에 직면한 모험가가 느끼는 기분 혹은 최고봉을 등정 중인 산악인이 느끼는 심정이 바로 그런 것이었으리라. 우리는 오르고 뛰고 내려가면서 살아있는 숨결을 경험했다. 그곳에서 우리는 샤 시대의 유명한 여가수 마 술탄을 만났다. 그녀는 혁명 이후 처지가 많이 바뀌어 있었다. 그녀는 작은 벨트를 하고 흰색 스카프를 두른 채 소파에 앉아 있었는데 검은 눈은 코흘[60]을 주변에 바른 두 개의 보석처럼 두려움을 담고 있었다. 장미빛 피부가 그녀임을 알려주었다. 만약 그녀가 늙는다 해도 그녀가 지닌 육체의 외설적인 흔적은 사라지지 않을 것이고 아름답고 반짝이는 눈도 그대로일 것이다.

바자르에서 우리는 이란의 전통 음식 사훈을 먹고 후식인 헬와도 먹었다. 이 음식은 모두 아바디가 소설에서 묘사했던 것들이다. 무덤 근처에서 우리는 대리석으로 모자이크를 한 수조에서 길어온

فرودگاه بین المللی
شهید هاشمی نژاد مشهد
با آرزوی قبولی زیارت
سفر بخیر

신선한 물을 마셨다. 사람들이 그늘 아래 잠자고 있었는데 그 장면 역시 고페노나 샤르단이 백년 전에 책에서 묘사한 풍경 그대로였다.

저녁에 우리는 주르카나라고 불리는 페르시아 전통 운동회에 갔다. 그곳에서는 음악과 특정한 춤사위가 이어졌고, 마지막 무대에서는 이란 전통 씨름인 수마 선수들과 흡사한 선수들이 꿇어앉는 자세를 했다. 그들은 땅바닥에 겸손한 모습으로 반쯤 꿇어앉은 채 있었다. 질서정연한 관객들이 배경을 이루었는데 마치 고대 건물의 처마 아래 각양각색의 얼굴과 옷을 전시한 박물관을 보는 듯했다. 동판에 새겨진 주름진 남자들의 얼굴과 방심한 채 이야기를 나누는 아름다운 여자들의 얼굴 같았다. 우리는 그곳에서 주는 피스타치오와 아몬드를 먹었는데, 자그로스 산맥에서 수확한 신선한 것으로 짭짤한 맛이었다.

이스파한은 머리부터 발까지 히잡을 쓴 여자들과 바자르를 돌아다니는 남자들, 쓰레기통에서 곡식을 주어먹는 닭과 수박 껍질에 뭐가 남았나 찾아보는 소들로 상징되는 진짜 아시아였다.

우리는 남쪽으로 내려갔고, 페르시아의 본향이라 할 수 있는 시라즈로 향했다. 그 도시는 하피즈의 무덤이 있는 위대한 시의 도시였다. 우리는 옛 사람들이 '시인의 도시'라 불렀던 성스러운 이 도시의 축복을 받을 의무가 있다.

마으수마 아스피는 이렇게 말했다.

"당신, 이 도시의 축복을 받지 않고서는 절대로 시인이 될 수 없어. 이 도시를 향해 '여기 우리가 왔습니다. 당신의 마법과 시, 그리고 하피즈의 무덤을 직접 보고 만지고 느껴 보려고 왔습니다'라고 말하지 않고는 절대 시인이 될 수 없다구."

사람들은 말한다.

"어느 누구도 이 도시의 달콤한 물과 차가운 공기를 직접 느껴 보지 않고는 시인이 될 수 없다. 이 도시에 있는 사원의 지붕이나 첨탑에게 직접 농을 걸어보지 않고는 시인이 될 수 없다. 마찬가지로 이 도시의 카페에 앉아 보지 않고, 이 도시에 있는 시인의 무덤 담장, 거대한 돌, 파괴된 장벽을 쓰다듬어 보지 않고는 시인이 될 수 없다. 또한 이 도시의 언덕과 탑에 올라가고 나무 그늘 아래 쉬어 보지 않고는 시인이 되는 건 불가능한 일이다."

우리는 멀리서 여러 채의 유서 깊은 호텔과 꼬불거리는 골목을 바라보고 있었다. 우리는 천천히 시장과 사원들이 있는 쪽을 향해 걸어 갔다. 도시는 조금씩 사원의 돔 지붕과 첨탑의 실체를 드러냈다. 도시는 꼬불거리는 골목과 좁은 입구, 더러운 물, 무덤의 정적, 물의 고요함, 순수한 하늘로부터 오는 강렬한 빛의 고요함, 시인의 무덤에서 하늘로 올라가는 연기와 푸른 불빛, 그리고 창문에서 뿜어져 나오는 불꽃의 정적을 조금씩 열어보여 주었다. 이람 공원[61], 바브 코란[62], 나시르 알 물크 사원[63], 이곳의 모든 것이 위대한 건축가와 따스한 관용이 빚어낸 결과이다.

우리는 하피즈의 무덤 앞에서 그 눈부신 아름다움에 취해 걸음을 멈추었다. 그의 시 때문이 아니라 무덤의 건축물이 보여주는 장중함 때문이었다. 돔형 지붕은 조각이 새겨진 돌로 되어 있고 아치형 천장은 그곳을 통해 영혼이 하늘로 승천하는 양 열려 있었다. 기둥들 사이의 간격, 태양 아래 빛나는 지붕. 그 무덤의 고매한 건축공학은 시라즈 출신의 시인 하피즈의 시에서 찾아볼 수 있는 섬세함을 특징으로 하고 있었다. 시인의 인생과 무덤은 그렇게 표현되었다. 여러 색이 섞였지만 전반적으로 흰색인 대리석. 배경에는 하늘색의 푸른빛과 사과색의 초록빛이 있었고, 나무 너머로는 기쁨이 표출되듯 여린 반짝임이 보였다.

공기는 마법과 같이 달콤했다. 나는 이토록 생동감 있고 풍부한 감정의 장소로 이끈 삶을 천천히 음미했다. 수백 년 동안 파괴되지 않은 시의 진정한 정원, 우리에게 시와 철학 사상을 일깨워주는 돌을 보며 예민한 감정을 느꼈다.

참석자 중 한 사람이 일어서더니 자기 손에 들고 있던 하피즈의 시집에서 시 한 구절을 낭독했다. 그는 매력적이고 부드러운 목소리로 시의 운을 리듬감 있게 살려 하피즈가 썼던 수피 경향의 가잘 풍 시를 낭독했다. 나는 정말로 큰 기쁨을 느꼈다. 그 아름다움에 감정이 폭발할 것 같았다. 그것은 눈밭의 내리막이 끝나기 직전까지 미끄럼을 탈 때 느끼는 짜릿함과 흡사한 감정이었다.

우리는 다른 추억거리를 만들기 위해 언덕에 위치한 페르세폴리스[64] 유적지를 다시 한 번 방문하려고 시라즈로 돌아갔다. 거대한 파괴의 터, 로스탐 그림[65]의 벽을 따라 걷다 보면 놀랄 만큼 섬세하게 묘사되어 있는 이디오피아인, 리비아인, 아랍인, 아르메니아인, 황소, 양, 흑인, 낙타 등을 만나게 된다. 움푹 파여진 돌에 눈썹 모양과 양의 털로 만든 변발, 주름진 빛 등이 선명하게 보였다. 페르세폴리스는 기원전 3백 년 전 이래로 페르시아 제국의 중심이었다. 바스라 판 고대사 사전, 나시르 알 물크 사원, 칸 라후티야 학교, 하피즈와 사아디의 무덤, 시장. 고대 페르시아 예술의 탁월함에 당혹감마저 느낄 지경이었다.

우리는 거대한 자그루스 산맥에 올랐다. 그리하여 고대 아랍의 도시 부시르[66]에 도착했다. 우리는 이전에 영국 교회였던 곳을 둘러보았는데 온화하고 일정한 그곳의 기후에 매료되었다. 그런 날씨는 건조하고 먼지가 많은 중산간 언덕의 날씨보다 훨씬 좋았다. 아랍만에서는 그런 날씨가 일반적이었지만 페르시아에서는 그것이 가장 아름다운 기후라 할 만한 것이었다. 우리는 비행기를 타고 테헤란으로 돌아왔다.

다음날 우리는 테헤란의 고위층 자제의 결혼식에 참석하게 되었다. 해가 지기 전 도시의 북쪽에 있는 저택에 당도했는데 커다란 정원이 아주 조화롭게 꾸며져 있어 놀라움을 금치 못했다. 아름다운 옷을 입은 여자들은 머리부터 장식을 하고 있었다. 곱게 생긴 여자가 연단에 올라가더니 유명한 루미의 시를 노래했다. 그 시는 결혼식 축가로 늘 불리는 것이었다.

"난 당신만을 위해 포도주를 마셨네… 난 당신에게 여행이었으면 하고 바라네. 우리는 포도 넝쿨 아래서 술을 마시고… 당신의 빛나는 얼굴이 드러나고… 내 자리에 불꽃이 빛을 발하고… 당신의 불빛으로 모든 곳이 빛난다…"

하미드는 말했다. "테헤란의 여성들은 감성이 풍부해. 너무 예민해서 사랑에 저항하거나 자신을 사랑하는 사람을 거부하는 일은 할 수 없지."

이란의 여성들은 두 세계 사이에서 문을 두드리고 있다. 정치 세계와 사회 세계. 그들은 종교의 준수사항과 현재의 삶, 그리고 관습과 그로부터의 일탈 간에 투쟁을 벌이며 살고 있다. 하지만 다수의 여성은 양자 간의 조화를 꾀하고 있다.

우리는 커다란 방에 앉았는데 크리스털 전등이 불을 밝히고 있었다. 음악 때문에 흔들리는 등불과 향기에 취했다. 우리는 고급 수목으로 장식된 정원, 그리고 달빛으로 흐릿해진 넓은 정원을 걸었다. 커다란 수영장이 있고 근처에는 진귀한 꽃나무가 있는 곳에서 많은 이야기를 나누었다. 시, 정치, 전쟁, 소설, 문화, 아름다움, 사랑, 여자에 관해서였다. 우리는 여러 가지 주제를 여러 가지 방법으로 토론했다. 우리는 강한 확신과 약한 로맨스가 섞이는 것을 느끼며 비밀의 정원을 걸어다녔다. 만약 고대 역사의 아름다움이라면, 그 아름다움은 마법과 같은 이 방과 환상적이고 전설적인 이 정원에 있었겠지만 이제는 사라지고 없다, 고 우리는 믿었다. 그것은 정령 진느의 이야기 중 하나였을 것이다. 우리가 소파에 앉자 음악 소리가 커졌고 사람들은 춤을 추기 시작했다. 그렇게 한밤중까지 잔치가 계속되었다. 새벽이 되기 전 신랑은 케이크를 잘랐고 신부 아버지는 참석자들의 머리 위에 지폐를 뿌렸다. 우리는 자정이 지난 다음 새 보금자리까지 신랑과 동행했는데, 호른 소리와 아이들의 고함소리도 함께 했다. 그렇게 결혼식은 끝났다.

알 아무트 성채, 하시시 중독자들의 전설

하시시 중독자…… 그들은 메카의 책과 깃발을 지니고 있던 통치자들을 살해하는 데 큰 영향을 미쳤다. 여름에는 사마르칸트[67]의 바위 위에서 새들의 노래 소리를 들을 수 없고, 관청에서는 알 타브리지 지역의 쿠션에 수를 놓지 않는다. 하산 알 사바흐 성채는 가죽 조각에 자유를 새기고, 바다는 발에 걸쳐진 길고 푸른빛의 넝마를 보고 기뻐한다. 바다는 용기를 포옹하고, 바다는 묵주에서 부글부글 끓는다. 바다는 혀로 가난한 묵주를 한 알 한 알 핥는다.
—하시시 중독자들의 책에서

파괴되고 초라한 이 집터가 바로 알 아무트[68]의 전설이고 하산 알 사바흐의 성채란 말인가? 하산 알 사바흐는 얼마 안 되는 이스마일파[69]의 하시시 중독자들을 강건하게 만들었다. 그 집단은 수 세기에 걸쳐 수많은 지도자들을 정복했다. 아마도 여기쯤에서 이 성채의 우두머리인 산(山)의 쉐이크 하산 알 사바흐는 자신이 만든 작은 낙원을 응시했을 것이다. 초록색으로 꾸며진 정원, 미녀들과 포도주 그리고 하시시로 가득한 이곳. 그러다 때가 되면 한 사람을 불러내 단도를 주고 이렇게 말했을 것이다. "아무개 장관, 아무개 나리를 암살하라. 성공하면 네가 이 천국에서 영원히 지낼 수 있게 해 주겠다."

역사서들은 전하고 있다. 이맘 무와파크 알 딘 알 니샤푸리에게는 세 명의 학생이 있었다. 그들은 바로 우마르 알 카이얌, 니잠 알 물크, 하산 빈 알 사바흐였다. 그들은 종교학, 언어학, 건축학, 수학, 논리학, 과학, 그리스어, 천문학 등의 학문에 매진했다. 그들은 누구든 재상이 되면 서로에게 도움을 주자고 굳게 약속했다. 니잠 알 물크가 발라트 알브 샤 치하에서 재상이 되었다. 우마르 알 카이얌은 그에게 자신이 문학에 정진할 수 있도록 힘이 되어 달라고 청했다. 그러나 하산 알 사바흐의 경우는 좀 달랐다. 그는 술탄에게 재상 니잠 알 물크의 경쟁자로 대두되었다. 하지만 그 둘의 경쟁 관계는 격렬한 논쟁 끝에 종지부를 찍게 되었다. 하산은 사라졌고 이윽고 하쉬쉬인들[70]의 지도자가 되었다. 이 집단은 반대파를 비밀리에 암살하는 일을 자행하게 된다. 결국 그 암살의 희생자 중 한 명이 바로 니잠 알 물크가 되었다. 그는 살해당하는 최후의 순간 즉, 숨을 거두기 직전, 우마르 알 카이얌의 『루바이야트』의 네 번째 단락에 나오는 구절을 말했다.

"나는 물과 같이 왔다가 바람같이 흘러간다."

첫째 날 우리는 하쉬쉬인들의 성채이자 하산 알 사바흐의 성채 그리고 이슬람 성인들의 암살 요새로 알려진 알 아무트 내부에 들어갈 수 없었다. 그곳까지 우리를 데려간 친구 알리는 너무 피곤해 했다. 그의 두 눈에는 스트레스와 졸음으로 인한 고통이 가득했다. 그 성채 앞에는 히스테리가 가득한 피조물이자 믿음이 깊은 자가 두 눈에 넘칠 정도로 가득 비밀을 담은 채 서 있었다. 그의 얼굴은 동굴 저 멀리 깊은 곳에서 뻗어 나오는 듯한 빛으로 반짝거렸다. 그의 어두운 두 눈은 비밀이 가득한 전설 속의 그것을 연상시키기에 충분했다. 다음날 새벽, 14세기에 그 성채를 다녀갔던 마르코폴로의 발자취를 따라 우리는 이미 그곳에 가 있었다. 알 아무트 성채 앞에서 전설에 나오는 작은 정원들과 공공도서관을 찾아보았다. 마으수마 아스피는 말했다. "하쉬쉬인들의 전설은 중세 이슬람 시대에서 역사가 개입한 여러 가지 기이한 이야기 중 하나일 뿐이야." 그곳에 서 있던 어느 누구도 서양의 전설이나 이슬람 전설의 존재와 성장 그리고 정치적인 수단 등을 믿거나 지지하지 않았다.

알 아무트 성채는 카즈윈 근처 카스피 해 남부의 메마른 산악에 위치하고 있다. 테헤란 북쪽으로 백여 킬로미터 떨어진 그곳에는 매우 특이한 관개 시설이 있었다. 그 성채는 알 부르즈 산맥 해발 2,100미터 높이에 있었고, 산맥의 중심부 높은 곳, 좁고 험한 산 위에 자리 잡고 있었다. 그 성채는 25킬로미터 길이의 계곡을 끼고 있었는데, 그곳의 길은 좁고 험준하기 짝이 없었다. 근처에는 알 아무트 강이 있었다. 우리는 어쩔 수 없이 높고 가파른 경사를 따라 기어올랐다. 그곳에 오르는 것은 너무나 힘들었다. 성채에 이르는 길은 그 길 하나뿐이었다. 게다가 길이 온통 자갈과 바위로 되어 있어 더욱 힘들었다. 칭기즈칸의 손자인 훌라구 칸이 13세기에 침공했을 당시 모든 것을 파괴해 버렸기 때문이다.

하루 뒤에 우리는 니샤부르[71]로 향했다. 가는 길에 작은 서민식당에서 점심을 먹었다. 그런 다음 그 유명한 시인 우마르 알 카이얌의 무덤을 찾아가기 위해 길을 재촉했다. 마으수마 아스피는 말했다. "우마르 알 카이얌의 무덤을 참배하지 않고는 인생에서 결코 행복을 느낄 수 없을 거야. 물론 사랑과 시를 진짜 안다고 할 수도 없을 테고 말야." 우리는 그의 무덤 앞에 경건하게 섰다. 무덤은 흰 대리석이었는데 푸른색으로 나뭇잎 그림에 유약을 바른 장식이 있고 하늘을 향해 꼬아 놓은 듯한 모양이었다. 우마르 알 카이얌의 제자였던 카와자 알 니자미 알 사마르칸디는 피츠제럴드가 펴낸 책『논설의 공표』에서 이렇게 전했다. 우마르 알 카이얌이 한 번은 이렇게 말했다고 한다. "내 무덤은 북쪽의 산들바람이 부는 곳으로, 무덤 위로는 장미를 비롯한 온갖 꽃들이 흐드러지게 필 것이다." 알 니자미는 알 카이얌의 이런 말을 이상하게 여겼다. 그리고 알 카이얌의 사망 소식을 듣고 몇 해가 지났다. 그는 스승이 죽은 지 13년이 지난 후에야 무덤을 방문할 결심이 섰고, 외진 울타리 곁에 있던 그의 무덤을 발견하게 되었다. 무덤 위에는 아름다운 나무의 싱그러움이 가득했고, 열매와 꽃이 무덤을 덮을 만큼 지천이었다.

바로 그 자리, 우리는 우마르 알 카이얌의 무덤 앞에 서 있었다.

무덤 위로는 새떼들이 배회하며 우리 머리 위로 똥을 쌌다. 새똥을 맞는 것은 여성과 시에 관한 한 좋은 징조라 했다. 과연 누가 우리의 위대한 시인 우마르 알 카이얌의 무덤 앞에서 새똥을 맞겠는가? 그건 바로 앞으로 아름다운 시를 쓰거나 아름다운 여성을 사랑하게 된다는 것을 의미한다. 이란 사람들은 그렇게 말한다.

우리는 길가에서 야지드[72]에 있는 조로아스터교의 침묵의 탑들과 이스파한의 교각들 그리고 이맘 사원의 위대한 건축물을 발견했다. 마슈하드 지역과 카르만 지역의 중간 지점에서 하늘은 광활하게 열려 있었고, 우리가 탄 버스는 도로 사정이 나빠서 덜커덕거리며 달렸다. 우리는 잠시 호두나무와 뽕나무 아래 멈춰 섰다. 하늘은 우윳빛이었다. 우리는 조로아스터교의 고대 사원 뒤에 감춰져 있던 언덕으로 올라갔다. 그 사원은 14세기에 지어진 것으로 알려지고 있었다. 근처 마을 아이들이 어느새 우리의 길잡이가 되어 주었다. 그 중 한 계집아이는 머리에 오렌지색 양귀비꽃을 꽂고 내 곁에 앉아 심장을 녹일 만한 함박미소를 머금었다. 우리는—나와 바로 그 여자아이—그 길 끝에서부터 열매가 잔뜩 열린 피스타치오 나무와 장터에서 돌아오는 여인들, 그리고 뒤죽박죽 토마토를 실은 트럭을 바라보았다. 우리는 차를 마시고 말린 과일을 먹었다.

테헤란에서는 모든 게 끝도 없고 경계도 없는 형태로 열려 있다. 도로는 광활하고 나무들은 울창하며 집들도 큼지막했다. 이 모든 것들에 경계는 존재하지 않았다. 부유함은 소름 끼칠 정도로 어마어마하고, 가난은 끔찍한 정도로 지독했다. 테헤란의 다른 특징은 대단한 정적(靜寂)과 인내 그리고 삶을 소유하게 하고 난관을 넘어서 승리에 도달하게 하는 에너지이다. 테헤란은 철옹성같이 굳은 전통과 현대적 변혁 사이에서 위험하고 예민한 과도기를 지나고 있다. 옛 생활 방식과 현대적인 생활 방식, 즉 모험심이 공존하는 것이다. 한 여성이 당혹스러운 표정으로 소생하는 봄에 가벼운 발걸음을 옮기고 있다. 그녀는 새로운 소리와 새로운 행복의 영혼에 귀를 기울였다. 모든 장소에 문화가 충만하고 어디에든 책이 있다. 버스나 커다란 공원이나 집안 그리고 사원의 광장에도 책 읽는 사람들이 보인다. 그러나 그녀는 길을 찾지 못한다. 어떤 이는 이슬람을 주장하고 또 다른 이는 이슬람을 포기하라고 한다. 어떤 이는 서구를 따르라 하고 또 다른 이는 서구를 두려워하라고 한다. 테헤란은 두 가지 주장이 상충하는 두 개의 세계이다. 동화와 거짓과 전설의 세계. 구세계는 사악한 영혼과 태풍으로 사람들을 방해한다. 그 세계는 오랜 세월 속에 자신을 잃어버린 채 현재를 위해 자신을 걷돈다. 현세계는 삶과 기쁨, 감각적인 즐거움 그리고 성과 사랑, 아름다움에 자신을 담보로 내세운다. 이 두 개의 세계는 서로 간에 결코 평화를 유지하지 않는다. 하지만 테헤란의 현재는 보이지 않는 길들과 주홍색의 삶을 신뢰하고 불행 앞에서 어떻게 미소를 지어야 하는지 알고 있다.

3장

알제

: 나는 불꽃이고, 나는 신들의 몫이다

어두운 도시를 찬양하다

알제리-오딘[73] 광장

새벽은 노동자와 선원, 도박꾼과 모험가를 위한 시간이다. 밤은 비밀과 수수께끼, 마법과 예언을 위한 시간이다. 아침을 말하자면, 바다의 도시여! 너를 제외하고는 떠오르는 낮 앞에 그토록 빛나는 것을 찾아볼 수 없었다. 너는 밤 동안의 마리화나와 술집에서의 문란함을 씻고, 골목에서 도축되는 제물의 피도 말끔히 씻은 다음 순수하고 새롭게 태어난다. 너는 여기서 잠들고, 바다에 누워 낮잠을 잔다. 너는 아직도 바다 한가운데 배 위에서 생계를 위해 빵을 팔던 처녀때 시절을 기억하고 혼란스러운 불쾌감을 느낀다.

나는 너를 생각해본다. 너의 커다란 항구, 너의 배, 너의 선원들,

너의 남자와 여자들도 생각한다. 팔레르모의 어떤 항구도, 멜라카[74]나 알렉산드리아[75]의 어떤 항구도 너와 비슷할 수 없다. 그 어떤 것도 너의 역사와 비슷하지 않고, 관습 또한 너와는 다르다. 어떤 모험도 너의 모험에 견줄 수 없고, 그 누구도 너의 선원들에 비교할 수 없다. 이 세상 어떤 비밀도 너의 비밀과 닮지 않았다. 너는 다른 누구보다 먼저 헤라클레스가 스무 명의 동료들과 발견한 도시이다. 너는 카르타고가 함락된 이후 라틴 사람들에게 유물로 남겨진 고대의 신성한 투쟁이다. 너는 메제가나 왕조 후손의 알제리이다. 이른 새벽 여행자들은 하얀 해변과 파란 목초지를 여행했다. 이 모든 것은 오늘날까지 너의 항구들이 베네치아와 피렌체의 전설을 껴안고 있기 때문이다. 모든 것은 네 찬란했던 영광과 연결되어 있다. 바다의 도시여! 도박, 마리화나, 술과 싸움꾼들, 순교자와 범죄자, 시인과 위대한 철학자, 사막에 사는 사람들과 빈민가의 사람들, 정부(情婦)들과 매춘부들, 여자들과 점령군 그리고 너의 바다까지 연결되어 있는 매춘부. 그러나 바다의 도시여! 너는 홀로 솟아오르는 낮 앞에서 모래에 누워 수심이 가득한 표정이구나. 너를 보는 자는 누구든 너를 소유하고 싶어 했다. 로마인, 페니키아인, 아랍인, 베르베르인, 터키인, 프랑스인,[76] 토착민들과 이주민들, 농부들, 심지어 낯선 여행객들까지. 그러나 신들의 손이여! 너는 너 자신 이외에는 그 무엇도 되지 않을 것이다. 너는 이 땅 위의 누구를 위해서 존재하는 것이 아니다. 너는 바다이자 하늘이며 공기와 같은 존재이기에 누구도 너를 소유할 수 없다. 나는 너의 거리 여러 곳을 걸었고, 나무가 우거져 그늘이 드리워진 높은 곳까지 계단을 올라갔다.[77] 그때 나는 느꼈다. 마치 내가 아주 오랫동안 너에게서 살고 있는 듯한 느낌을. 너는 나를 느끼고 나도 너의 살을 느꼈다. 그것은 아름다운 여성의 육체에서 느끼는 감촉이었다. 너는 아직 소녀이지만 한편으론 이미 성숙한 여자이고 반라(半裸)의 구릿빛 소녀이다. 너는 바다에 누운 신들이다. 너의 두 발은 영원의 물결 속에서 헤엄친다.

알제리-항구의 선착장

너의 선원들은 노예들이다. 그들은 줄담배를 피워대고 길들여진 시선으로 사람들을 바라본다. 너의 걸인들은 소리 내어 웃는 자들이다. 그들은 주저 없이 저주와 욕설을 뱉어 낸다. 너의 배들은 낡고 녹슬었다. 너의 거리들은 넓다. 돌로 포장된 선착장 위에 낡은 책과 표를 파는 상인이 앉아 있고, 항구에는 시멘트 바닥 위에서 잠든 아이들이 있다. 걸인들은 긴 하루를 준비하면서 더러운 갈라비야[78]를 입은 채 중얼거린다.

너의 항구는 사람들로 붐비고, 너의 소음은 선착장 카페에서 흘러나오는 매혹적인 음악을 듣는 즐거움을 잊게 한다. 너의 어부들은 수척한 뱃사람의 얼굴로 정거장에 서서 바구니에 던져진 생선을 판다. 일꾼들은 빵을 먹고 차를 마시거나 낮은 목소리로 이야기를 나눈다. 거리의 청소부들은 공원에서 방황한다. 그들은 청소를 하고 마리화나를 모은다. 나는 기쁨에 들떠 너의 거리 곳곳에서 인파 속에 휩쓸려 다닌다. 나는 너와 너의 정신을 관통하는 느낌이다. 나는 너의 향기와 너의 세상, 너의 이불과 너의 옷에서 나는 땀 냄새 그리고 생선 냄새로 비릿하고 뜨거운 너의 체취를 맡는다. 나는 녹슨 증기선, 축축한 밧줄, 그리고 짠물의 냄새를 맡는다. 나는 아름다운 하루를 위해 네가 벌이는 전쟁에 탐욕을 느낀다. 거리와 광장에서 노동을 하러 변두리에서 몰려드는 가난한 자들이 하루를 버틸 수 있게 하기 위해.

너는 내게서 보이지 않는 존재이다. 마치 추위의 나신이 내게서 보이지 않는 것처럼. 너는 순백의 정신과 주홍의 대담함으로 눈부시게 빛난다. 사랑은 너를 두고 멀리 떠나지 않는다. 역사는 네 이름으로 금지된 파괴를 행하지 않는다. 너는 본래 어떻게 미소 지어야 하는지 아는 청춘이다. 그런데 너는 오늘 시든 채 볼모나 죄수 같은 인상을 하고 있다. 너는 왜 도망치고 사기행각을 벌이는가? 너는 오스만의 후예였다. 너는 가장 잔혹하기로 이름난 해적이었다. 그런 네가 프랑스인 부잣집의 하녀가 되었다. 그들은 바다를 점령한 영광을 내세워 밤새 클럽과 호화로운 호텔에서 지내며 멋진 옷을 차려입고 가장 비싼 향수를 뿌리고 아침이 올 때까지 즐긴다. 너는 단순하다. 네 속삭임은 부드럽고, 네 웃음소리는 아이들의 그것처럼 깔깔거린다. 너는 밤의 미녀이고, 새벽 예배 시간이 되어서야 잠을 깨는 선착장의 취객이다.

알제[79]-디두슈 무라드 거리[80]

너의 술집들은 싸구려, 너의 항구는 넓디넓다. 너의 재래시장들은 사람들로 붐빈다. 가난한 자들의 거주지에는 먼지와 파리가 득시글거리고, 너의 주민들은 흥분해서 바다의 삶을 이야기한다. 그들의 혀는 지칠 줄 모르고 움직인다. 그들은 너에 관해 많은 이야기를 한다. 그러나 너는 한낱 노획물일 뿐이다. 너의 신발은 아침이면 모래를 짓밟고 바다 위에서 밤의 신선함과 아침의 촉촉함을 녹여버린다. 나는 너를 보았다. 겨울은 너의 바위 위에서 지저귀듯 노래했고, 바다를 길고 푸른 언어로 가득 채우고 너의 옷을 적셨다.

이것은 수평선, 떨고 있는 새벽, 계절로 꽉 들어찬 시간이다. 너의 집들은 소리 내어 웃고 너의 배들은 포효한다. 너의 시골은 텅 빈 공간에 소스라치게 놀란다. 이것은 아무 가구도 없는 너의 바다, 너의 홍수, 너의 낮은 불빛, 너의 매혹적인 망령이다. 이것은 헐벗은 옷을 입은 너의 영원한 아이가 페니키아인의 시대 이래로 자기 이야기를 하는 것이다. 이것은 태양이 땅에 도리깨질하는 것이고, 너의 선착장에 떨어지는 철을 다루는 정비공이다. 이 겨울은 비를 뿌리며 지방의 극장 앞에서 반겼다. 겨울은 르 티에르 몽드 서점에서

swatch
21823 106 16

갑작스런 무지함을 조명했다. 아이의 시각, 공허함 속에 있는 너의 벌거벗은 인생. 겨울은 이미 바람을 향해 너의 인생을 날카롭게 갈았다. 너는 모든 여인들에게 너의 인생을 허락한 딱 그만큼 내게 오늘을 허락한다.

파도가 출발하는 지점에서 너는 기쁨이라곤 없는 이상한 얼굴, 어린 양과 같은 네 자식을 도살하는 거친 손이 되었다. 이제 우린 너를 뭐라 불러야 하나? 너는 나무인데 우리는 너를 바다라 부른다. 너는 바다의 도시인데 우리는 너를 실수라 부른다. 네 사랑에는 이유가 있고 네 행복에도 이유가 있다. 다른 어떤 곳에도 네 짝은 없었다. '이코심'[81], 네 이름이다. 페니키아인들이 너를 그렇게 불렀다. 그들은 밤새 계속되었던 너의 폭풍우를 숭배하였고, 비는 네 아름다운 머리카락을 젖게 만들었다. 너는 그들과 카르타고 사람들로부터 도망쳤다. 두려워하면서도 네 다리는 바다로 조금씩 스며든다. 고요의 심원에는 신들이 나신으로 있었다.

해적선[82]에서 희미한 불빛 아래 너는 직접 옷을 풀어 헤치고 그들에게 부드러운 네 젖가슴을 보여주었다.

파라다이스는 너의 이름으로 수확기에 들어섰고, 너는 하루 종일 양팔 가득 열매를 수확하느라 바쁜 소녀이다. 너의 왕관은 향수이고 너의 허리띠는 등불이다. 너는 바다의 남쪽과 산의 서쪽을 등에 지고 있는 젊은 농부와 같다.

우리가 알제리를 말할 때 고작 나오는 이야기는 알제리라는 존재가 계속해서 순환하는 형태라는 것과 곳곳의 풍경에 바다가 가득하다는 것, 그리고 해적선의 후손이 그곳의 증기선을 장악하고 있다는 정도다. 이미 알고 있는 소녀 영웅의 이야기, 엄청난 파도 그리고 담쟁이덩굴처럼 뻗어 나온 이야기와 모래 위에서 떨고 있는 잘린 손등을 의미하기도 한다. 정작 우리가 알제리에 대해 언급할 때는 야자 잎처럼 싱싱한 너의 젊음과 야생마처럼 재빠른 청춘을 의미한다. 우리는 부자가 될 날을 꿈꾸는 야만적인 사춘기, 포기한 영광, 개화를 상실한 나무를 의미한다.

바다의 하늘과 백성들의 빵에서 솟아오르는구나. 역경과 고난을 겪은 돌이여! 나는 너의 얼굴에서 이런 모습들을 공격하는 것을 발견했다. 나는 네 얼굴에서 이주를 꿈꾸는 징표도 읽어냈다.

알제리 여행 혹은 깊은 밤으로의 여행

부메디엔 공항[83]의 두터운 철문을 빠져나와 광장으로 접어들었다. 도시의 습한 공기는 바다 냄새를 머금고 차가운 바람은 폐부를 뚫고 지나갔다. 3월의 비가 끊임없이 퍼부었다. 여행객들은 혼잡한 행렬과 소음 속에서 우산을 쓰거나 길게 늘어선 알루미늄 지붕 아래로 비를 피하러 갔다. 버스와 택시들이 뒤엉켜 내는 소리, 플랫폼 위로 여행 가방이 던져지는 소리, 사람들의 소리가 한데 뒤섞여 있었다. 그런 광경이 그리 충격적이진 않았다. 나는 알제를 묘사한 베르트랑의 소설 여러 편의 장면을 떠올렸다. 틸미산에서 오던 베르베르족 아랍인 운전기사, 기름으로 볶은 생선 요리를 하는 아랍 여자를 떠올렸다. 그런 광경은 이자벨 에버하트의 발자취와 그녀가 사랑을 주제로 썼던 로맨스 소설들을 기억나게 했다. 이슬람 세계의 행복함을 보여 주었던 알제리에 관한 단호하고도 직접적인 그녀의 견해들을 떠올리게 했다. 또한 크리스탈산 너머로 태양이 내려앉는 상황에서도 벽에 기대어 바다의 소녀 소포니기브를 생각하고 있던 크세르 엘바르바리를 기억하게 했다.

그때 나는 뺨을 타고 흐르는 봄비를 신경 쓰지 않고 빗속에 서 있었다. 나는 3월의 보슬비 아래 서서 돌과 나무로 무성하게 뒤덮인 블리다를 보고 있었다. 그곳은 바다의 해변이 가로막듯 둘러싸고 있었다. 멀리서 보면 십자가 모양이었다. 마치 고대 누시코를 둘러싸고 있는 시골처럼 호텔과 건물들은 제국주의 시대의 모습을 하고 있었는데, 짙은 청색과 초록으로 뒤덮인 좁은 산길을 통해 그 모습을 조금 볼 수 있었다. 성숙한 도시와 유물들이 어디서나 나를 에워쌌다. 높은 곳에서 도시를 내려다볼 수 있는 아우라씨 호텔[84]로 이르는 길에서는 천천히 떨어지는 신선함을 손으로 만질 수 있을 듯했다.

엘 오라시 호텔은 드골이 알제리 백성에게 다음과 같이 연설했던 곳이다.

"나는 여러분을 이해합니다… (je vous ai compris…)"

이렇듯 생동감 넘치는 알제리의 광경들을 보고 나는 아프리카 대륙에서 아시아인들이 기록했던, 구리빛 피부 아래 감추어져 있던 위대한 유산을 생각했다. 바다에서 사막까지 완벽하게 대지를 덮고 있는 아랍 의상은 손님 접대와 판타지로 우리를 배부르게 해주었던 원주민들의 후대와 관대함을 생각하게 했다. 나는 프랑스어로 기사에게 질문할 수밖에 없었다. 그러자 그는 대상(隊商)의 숙소에 대해 아랍어 방언[85]으로 답했다. 그곳은 오스만 시대에 건축된 것으로 아프리카 기독교인들이 차지하고 있었다. 나는 바다의 선착장에 두 다리를 딛자마자 소리 지를 수밖에 없었다.

"이 위대한 알제리, 이 네크라블 엘 암와트는 성스러운 실수에 의해 망가졌다."

두려움에 떠는 바다가 빛날 때에도 나는 침묵을 지켜야 했다. 하지만 알제리 백성들은 저항했다. 그들은 느린 동작과 높은 목소리로 아나톨 프랑스와 프랑스인의 식민 지배에 대해 저항의 목소리를 보냈다.

이것이 알제리 백성들의 알제리이다. 이는 마갈리 브와스나르의 소설이나 부르통의 작품에 존재하는 알제리를 닮지 않았다. 특히 부르통은 틸미산 혹은 카산티나에서 오랜 세월 잠들어 있던 과거의 시간에 대해 작품을 썼다.

이 블리다 지역에 대해서는 알퐁스 도데가 작품을 쓴 바 있지만 작품 속 지역과 실제의 지역은 닮지 않았고, 알베르 카뮈가 사랑했던 티파자 지역 역시 실제의 것과는 닮지 않았다.

나는 이 시장들을 둘러보고 나서 각지에서 온 문화인들이 모이곤 했던 카페에 잠들어 있던 '정신'을 생각하게 되었다. 수도 알제의 거리와 골목, 계단 그리고 흰색, 푸른색, 녹색 등 다양한 색에 대해서도 생각하게 되었다. 들라크루아가 그토록 사랑했던 붉은색에 대해 영감을 받았고, 그곳의 호텔들에 대해 생각해 볼 기회를 가졌다. 그중에는 2세기 전 칼 마르크스가 유럽의 추위를 피해 요양을 목적으로 묵었던 곳도 있다.[86] 나는 이런 시장을 둘러보고 나서 흐릿한 안개 속에 있는 다양한 종류의 사막들과 저항정신으로 무장한 이들,

삶을 지키려는 남자들 혹은 중성적인 여자들의 모습까지도 생각해 보았다.

여기자 누르딘 알 굴리는 마가라 지역에 대한 영감을 주었다. 그곳은 미구엘 세르반테스가 알제리에서 수감되었던 곳이다.[87] 그는 보초들의 고함 소리와 위에서 비추는 불빛을 뒤로 하고 탈출하여 마가라 지역으로 진입했고 거기서 조용히 숨어 지냈다.

그녀는 내게 많은 질문을 했는데 나는 무어라 대답해야 할지 몰랐다. 그렇지만 나는 축축하고 어둔 침묵이 감싸고 있던 세르반테스와 그의 여정에 대해 생각하고 있었다. 바다를 내려다보는 마가라의 창문들을 통해 아침의 푸른빛처럼 짙은 푸른색을 보았다. 원형으로 떨어지는 빛이 가까운 바다에서 솟아올라 돔 지붕 위에서 작은 속삭임으로 움직였다.

나는 부드러운 하얀 파도 띠 너머 먼 수평선에서 순간적으로 바바 아루즈[88]를 보았다. 그러나 밀려오는 빛은 수면 위로 여기저기 뚝뚝 끊겨 있었다.

나는 스스로에게 질문한다. 이렇게 캄캄한데 프랑스, 이탈리아, 포르투갈의 군인들은 도대체 어떻게 야음을 틈타 넘어 온 것인가? 바다 위로 솟아오르는 희미한 소음. 지도자는 제국주의자 장교들 앞에서 모호한 말과 사라진 권력을 내밀고, 그 말은 성채에서 예배를 위한 동쪽의 빛을 확신한다. 그리고 옅은 어둠 속에 천으로 덮인 등불이 흔들리고 있었을 것이다.

아름다운 알제리 여인이 내게 환영한다고 말했다. 어느 성채에서 만난 그녀는 내게 이렇게 말했다.

"독립 이후 알제리 백성들은 프랑스인들이 장악했던 행정직과 열광적인 부르주아와 전 영토를 독식했던 제국주의 영주들의 자리를 맡게 되었지요."

알제리인의 알제리

그렇다면 이것이 알제리이다. 메제가나 왕조 이래로 알제리인의 알제리는 『살람보』[89]에서 만찬을 한껏 즐기던 알자스 지방의 사람들이나 이탈리아 사람들의 알제리가 아니다. 이 알제리는 프랑스 군인들, 검은 피부의 조상들이 쓴 소설 속 영웅들이 사라지고 난 후 바다에서 솟아오른 것이다. 예를 들자면, 엔젤 미구 주니어, 열정적인 빈센트 파야구스, 산타 라자리오, 알야후디야 누아이미, 알후디 발타자르, 보르도 출신의 외눈 안토닌 등이 있다. 이것은 제국주의 군대와 대공(大公)이 시골에서 사라지고, 송골매의 둥지처럼 산 위에 걸려 있던 폐허가 사라지고 난 이후의 알제리 사람들의 알제리이다.

이는 영세 상인들과 농부들이 옛 카스바[90]의 구부러진 차양과 뾰족한 첨탑에서 사라지고 난 이후의 알제리이다. 또한 거친 들판에 있던 여러 부족들의 영토에서 설교자들이 사라지고 난 이후, 유대인들이 엘 비아르와 뻐대도 없고 다양하지도 않은 슬픈 백색의 집에서 사라지고 난 이후의 알제리이기도 하다. 그 집을 둘러싼 모든 것은 영원한 침묵 속에 침잠해 있다. 우리는 카스바로 향하는 길을 걸었다. 바다를 따라 걸었는데 즐비하게 늘어서서 군락을 이룬 건물에 새로운 간판들이 식민 지배의 장식처럼 보였다. 그리고 비를 망토처럼 뒤집어쓰고 있는 조용히 잠든 수도의 위대한 광경과 색으로 물든 구릉과 멀리까지 펼쳐 있는 초록의 대지, 들라크루와의 실제 광경도 볼 수 있었다. 이렇게 순수한 붉은빛은 알제리에서가 아니고는 세상 어디에서도 볼 수가 없다. 그곳은 어둠으로 가득한 작은 집단이었고 선명한 페트로스키의 색이었다.

우리는 디두슈 무라드 시장을 걸으면서 고성으로 시끌벅적한 살아 있는 알제리인의 세상을 발견했다.

사람들에 둘러싸이는 이 아름다움, 나의 존재와 나의 감각이 섞인 채 주위를 둘러싸는 것, 내 유년의 중간, 정돈되지 않은 비명과 감정. 이 모든 것이 순식간에 사람들을 동요시키고 뒤덮는다. 우리는 사람들이 시끄럽게 떠들고 고함지르는 와중에도 행복하게 걷고 있었다. 바다에서 불어오는 신선한 공기를 탐닉하고, 큰 소리로 물건을 파는 상인들의 움직임을 즐겼다.

"이만오천, 형제! 사백, 형제!"

하나의 시장에 프랑스어, 아랍어, 아마지그어[91]가 한데 섞여 떠들썩했다. 장터에 걸맞은 거친 고함이 오가고, 다른 한쪽에는 아름답기 그지없는 건물들이 태양 빛에 잠겨 있었다. 그곳에는 반짝이는 나무들이 층계를 뒤덮고 있었는데, 그 계단은 프란츠 파농 거리를 향했다. 짙은 색 옷들이 시장에서 풍기는 매혹적이고 어두운 분위기에 함께 섞여 있었다. 새들은 금빛 하늘에 걸려 있었다.

구 카스바와 바바 아루즈 대포

나는 찾고 있었다. 고대 성채와 포르투갈 함선을 연기와 화약으로 방어했던 바바 아루즈 대포, 강간당한 여자들, 굶주린 남자들, 매혹적인 아치형 천장 아래 납치당한 여자들, 반역을 도모한 남자들이 기둥에 매달렸던 바로 그곳을 찾고 있었다. 나는 바다 한가운데서 북을 두드리며 삼엄한 감시망을 펴던 해적선을 찾고 있었다. 나는 베르트랑이 한 세기 전 카스바에서 보았다던 수술 장식이 달린 물담배를 파는 여자를 찾고 있었다. 나프 항구에서 고수풀과 향료를 팔던 여자도 찾고 있었다. 하지만 항구도시는 페트로스키가 그린 것과는 많이 달랐다. 여행객과 탐험가들, 군인, 순례자, 유럽의 동양학자들은 그것을 많이 윤색해 묘사했다. 그곳에는 알제리의 대공이 없었고, 원주민 부족들을 기독교도로 만들지만 결국 동굴에서 한 알제리 청년에 의해 살해당한 샤를 드 푸코 장군도, 비사샤리도 없었다. 바시샤리는 전투채비를 갖출 무기의 필요성을 주장하였다. 그곳에는 마하리 지역의 군인이나 피에르 로티 혹은 프리메이슨[92]이나 피에르 카뮈도 없었다. 마하리 지역의 군인들은 죽음의 사상에서 비롯된 광대한 사막의 미스터리와 거대한 산의 위해한 침묵을 찾고 있었다. 피에르 로티는 블리다 지역의 산 뒤에 있는 대추야자나무 아래 오아시스들을 아주 사랑했고, 마하리 지역과 모래사막의 여행객들을 욕보였던 신기루 역시 사랑했다. 반면 재앙을 당한 알 바루드를 싫어했다. 프리메이슨 단원들은 수피교도들의 지역에서 예배했던 자들을 신뢰했고, 광대한 사막 너머로 해가 되는 동물들을 추방했다. 피에르 카뮈는 사막에서 영원히 침묵하기를 소망하곤 했다. 뒤에서 그를 조정하고 그의 창작물을 지지하지 않았던 세상에 대해 직접적인 반대의 표시를 한 것이다.

"여기는 거대한 무역 시장이었다." 고대의 지도는 프랑스인들이 성채로 둘러싸인 카스바로 쳐들어오기 이전, 바늘땀처럼 서로 연계된 길들을 보여준다. 그것은 마치 테오펠 고티에가 묘사했던 것처럼 스무 마리의 고양이가 느긋한 마음으로 발톱을 날카롭게 간 것 같다. 이 도시는 여러 지역의 언어와 옷, 두건 달린 옷[93]이 함께 뒤섞여 있어서, 마르세유 사람들에게는 알칸베르와 같고 바그다드 사람들에게는 알 바타윈, 스페인 사람들에게는 라바트라드와 유사하다. 그곳에는 향유고래 뼈로 상감 세공이 된 목각 제품과 목이 긴 병, 실내화, 두터운 양탄자 그리고 각종 골동품들이 있었다.

이 거리들은 밥 아준[94]에서 샤를 5세가 하산 아가 앞에서 무너지는 것을 목도했을 것이다. 뿐만 아니라 연인들이 밥 알 와디에서 뿌려 놓은 이야기와 해안의 강가에 있던 터키 상류층의 저택들도 보았을 것이고, 터키 근위병들과 산파들이 살았을 법한 집들도 보았을 것이다. 바다 깊은 곳에서부터 제방 위로 카스바 구역이 보인다. 아랍의 카스바가 있는 곳에는 밥 알 디와니야에서 가까운 알 사르딘 시장과 밥 아준에서 가까운 알루흐 시장이 있다. 그곳에 테오펠 고티에가 19세기에 다니던 카스바의 아름다운 카페들이 있었다. 그는 그곳에서 창백한 얼굴로 건장한 체격의 사내 가까이에 있는 의자에 앉았다. 잘생긴 알제리 소년이 그에게 도자기 컵에 담긴 자극적인 커피를 가져다주었다. 그 소년은 커피와 함께 향이 가득한 물담배도 가져다주었다.

이 거리는 외투를 입은 사람들과 커피나 차를 음미하는 사람들로 붐빈다. 어떤 사람들은 앉거나 잠잘 때 사용하는 매트를 제방 위에 깔고 스스로를 포기한 듯 하고 있는데, 두건 달린 외투 속의 창백한 얼굴에는 고행자의 모습이 역력하다. 까만 두 눈은 먼 곳을 바라보고, 무거운 눈꺼풀로 미소를 짓는다.

나는 수도 알제의 아람 광장에 위치한 시디 무함마드 카페를 찾았다. 19세기의 유럽인 여행객들이 보았듯이 나 역시 그렇게 카페를 볼 것이다. 카페의 문은 나지막한 나무문이었는데, 유럽인 여행객들처럼 나도 입구 계단에 그려진 금박의 터키어를 보았다. 그곳에는 알제리 사람들이 앉아 아편 섞은 담배를 피면서 여러 잔의 커피를 비우고 있었다. 나는 카페 주인의 움직임을 따라 시선을 움직였다. 그는 유약을 바른, 가운데가 반짝이는 작은 도자기 스토브와 조그마한 컵들이 많이 놓여 있는 선반 주위를 분주히 오갔다. 한쪽 벤치에는 악사로 보이는 유럽인이 앉아 있었는데, 귀찮다는 듯 트럼펫을 떨어뜨리는 것으로 보아 그는 이미 아편에 취한 게 분명했다. 그의 두 눈은 천장을 향해 고정되어 있었다.

그곳이 바로 바다에서 불어오는 찬바람에도 열기를 뿜어내는 경이로운 카스바였다. 오노레 드 발자크가 언급했던 바로 그곳이다. 그곳은 무슬림 뱃사람들과 기독교 상인들이 베니스와 피렌체에서 오는 배를 타고 드나들던 곳이다. 또한 페드로 나바로가 오랑[95]과 베자이아[96]를 장악한 이후 안달루스의 무하지룬[97]들과 북쪽의 유대인들이 피난처로 삼았던 곳이기도 하다.

나는 오래된 오스만 제국의 대포 옆으로 갔다. 바다 앞 옛 성채에서 바바 아루즈를 겨냥하고 있는 그 대포는 유럽 선박이 카스바에 접근하지 못하도록 하기 위한 것이었다. 달은 고요한 바다 위에 황금색 긴 띠를 그리며 좁은 해안의 모래 위에서 검은 그림자와 만나고 있었다. 검은 밤바다는 그 짙은 색 피부를 기다란 띠처럼 반짝이고 있었다. 나는 밤바다의 달빛이 비추는 열정적인 사랑을 따라갔다. 정적이 그 깊이를 더해 갔다. 나는 바바 아루즈를 관리했던 이들과 수비대원들이 보았을 법한 작은 구멍과 사냥꾼들이 수비를 하곤 했던 구멍을 통해 달을 좇아갔다.

얼굴에 담긴 조용한 미소가 순수한 그들을 더욱 아름답게 만들었다. 하얀 터번 아래 소금기 어린 그들의 얼굴은 기쁨에 가득했다. 그들은 여러 개의 문과 관측 구멍 그리고 창문에도 기쁨을 뿌려 놓는다. 그들은 날이 흰 칼이나 단도를 차고 성채를 빠져나와 신념에 찬 기세로 카스바를 향한다. 후트 시장과 밥 아준 지역을 지나서 건장한 육체로 이슬람 사원을 치기 위해서이다. 나는 그들이 오렌지, 포도, 무화과를 파는 장사꾼들에게서 잘 익은 과일을 사는 모습을 상상한다. 그들이 성채로 들어가 인파 속에 파묻힌다.

카뮈와 알제리

금요일. 나는 아랍어로 된 알제리 노래나 프랑스 노래 테이프를 살 요량으로 꼬불꼬불한 골목길을 걸었다. 모자를 쓴 노인이 길바닥에 앉아 카세트테이프와 LP판을 펴놓고 있었다. 에디트 피아프, 샤를 아즈나부르, 잭 바릴, 무스타키, 그 밖의 가수들 것들까지. 나는 카세트테이프 몇 개를 고르기 시작했다. 노인은 내게 이건 사라 저건 사지 마라 말해주었다. 그의 좌판 끄트머리에 프랑스어로 된 책이 한 권 있었는데, 제목이 꽤 자극적이었다. 적어도 내게는. 『알제리에서의 알베르 카뮈……』. 나는 그에게 그 책도 파는 거냐고 물어 보았다. 그는 자신이 늘 가지고 다니면서 읽는 책이라고 말했다. 그리고 통상적인 질문을 내게 던졌다.

"알제리 사람인가?"

"아뇨. 저는 이라크 사람입니다."

그러자 그가 친근한 목소리로 말했다.

"자네가 이라크 사람이면 우리는 사촌일세."

그는 아랍어로 이렇게 말하며 자신이 아낀다는 그 책을 선물로 주었다.

알베르 카뮈의 알제리는 알제리인의 알제리와는 다르다. 그가 늘 이야기하는 비밀스런 사랑이건, 프랑스의 알제리 식민 지배를 내심 반대했건, 알제리의 항불 저항운동에 반대했건, 아니면 마지막 제국주의의 나머지 불꽃으로 묘사했건 간에 다르다.[98] 카뮈의 알제리는 시각 자체가 알제리에서 기인한 것이 아니라 프랑스의 관습과 그의 탁월한 수사법에서 기인한다. 카뮈는 『페스트』와 『이방인』에서 알제리 사람을 폄하하는 묘사를 했지만, 프랑스가 알제리에서 행사한 폭력을 언급하고자 하는 시도는 전혀 없었다. 그의 작품은 마르세유, 리외[99] 혹은 백인 주민의 기념일 행사를 위한 것일 뿐이다.

어쩌면 내가 걸었던 그 길 중에 카뮈와 막스 푸쉬의 약속 장소가 있었을지도 모를 일이다. 그 두 사람은 동시에 한 여성을 사랑했는데 아마도 이와 관련된 이야기를 하기 위해 만났을 것이다. 조약돌이 깔린 해변을 따라 지저분한 홈통이 보이는 이 곳. 이 이야기는 약 오십 년이 지난 뒤 골 루안이 한 이야기다. 어쩌면 나는 카뮈가 유년기를 지냈다는 발쿠르(현재의 발루즈다드) 지역에 갔을지도 모른다. 그는 자신의 작품에서 유년기를 보낸 그 동네를 언급했는데, 그의 집은 레온 거리에 있었다. 나는 커다란 유칼리나무 그늘 아래 그가 걸었던 그 길을 지나쳤는지도 모를 일이다. 현재는 압둘 까디르 알 자자이리 학교로 명칭이 바뀐 베고 학교로 가는 길이었을 것이다. 나는 그 길을 걸으면서 알제리 백성이 대항했던 '불명예', 즉 그런 백성이 되지 않으려고 그토록 안간힘 썼던 바로 그 불명예를 목격했다. 하지만 그들은 오늘날 그 불명예로 식민지 유산 모두를 반영하고 있다. 골 루안은 오십 년이 지난 뒤 자신이 태어났고, 경찰관이었던 의붓아버지의 집에서 성장했던 알제리에 대한 비망록에서 식민지의 유산을 축하했다.

나는 루안의 모친의 남편이 부리던 미프타흐 씨가 시디 무사에 있다는 사실을 알고 무척 기뻤다. 그는 이제 더 이상 농장에 물을 길어 나르지 않아도 되고, 복도 청소, 세차, 말을 묶어 두는 일, 개에게 밥을 챙겨 주는 일을 하지 않아도 된다. 무거운 감자를 등짐으로 져 나르거나 마구간 청소, 우유 짜는 일, 오렌지나무에 물 주는 일, 우물물을 길어 부엌에 내려놓는 일, 정원에 비료로 쓸 소똥 모으는 일도 더 이상 그의 몫이 아니다. 그의 아내 자흐라 역시 더 이상 프랑스인 상전에게 요리를 해서 바치고, 세탁을 해서 갖다 바치는 일을 하지 않는다. 미프타흐는 이제 어엿한 나리가 되었고 자흐라도 사모님이 되었다.

알제에서 여러 거리를 걸었지만 나는 이 도시의 진실을 볼 수 없었다. 카뮈는 자신의 작품에서 이 도시를 효과적이고 과장된 모습으로 묘사했다. 나는 이 도시의 영혼을 녹슨 것 이상이라고 생각했다. 이 도시는 그 형태와 정신 그리고 정체성까지도 뿌리부터 충실하게 부각시키고 있었다. 맘씨 고운 사람들이 고달픈 일상에서 어렵게 빵을 구한다. 이 도시는, 카뮈의 표현을 빌자면, 스스로 폐쇄된 도시인 파리나 프라하 혹은 피렌체를 닮지 않았다. 카뮈가 말한 것처럼 알제는 벌어진 입이나 상처처럼 하늘 아래 온전히 자신을 열어 놓았다. 잉여의 삶이 가져오는 무미건조함과 인간에게 선물처럼 안겨진 빠져나올 수 없는 어리석음은 후손에게 주어진 가장 큰 불행이자 빈곤이다. 영원한 청춘과 유일한 승리의 피난처. 그리고 수박장수가 빈 수레를 끌고 걷다가 예쁜 소녀들과 맞닥뜨리면 "우리 아가들 이제 오냐?"하고 던지는 장난. 프랑스인들은 이미 떠났고, 일요일도 이젠 더 이상 바루의 무덤처럼 슬프거나 싫지 않다. 거기에는 더 이상 공포에 찬 슬픔, 저항, 진짜 죽음, 그리고 카뮈는 동조하지 않았던 검은 증오를 드러내는 부패한 맛의 유산들은 존재하지 않는다.

카뮈는 죽었고 샤를 타야르와 골 루안은 떠나갔다. 이제 약속된 땅만이 남았다. 알제리에서는 해적이나 모험가들이 그곳의 원주민을 향해 무차별 폭력을 행사했다. 그곳에는 알제리 사람들이 꿈꾸거나 바라던 그런 날은 단 하루도 없었다. 라틴의 천구(天球) 상에는 기독교 라틴계에 뿌리를 둔 베르베르의 알제리가 있을 뿐이었다. 혹은 오디세이가 꿈꾼 대로 라틴적 기질을 지닌 북아프리카의 알제리 말이다. 하지만 알제리의 알제는 바로 그곳의 실질적 주인인 알제리 백성이 꿈꾸는 그런 곳이다. 혹은 스스로를 '오랑의 야흐야'라고 불렀던 장 시냑크처럼 그곳에서 태어나고 꿈꿨던 알제리 백성들의 꿈이 있는 곳이다. 그가 알제리에서 태어난 건 그가 자신의 소설『아버지의 노트』에서도 밝혔듯이 그의 사랑이 천체의 성운을 관통했고, 그래서 그가 알제리에 벌거벗긴 채 떨어진 탓이다. 그런 운명이 그가 이 땅의 실제 주인을 죽이고 조국의 이익을 위해서라고 주장하는 자들에게 대항해 의심하고 저항하게끔 만들었다. 시냑크는 알제리 해방전쟁을 작품에 옮겼고 알제리를 위해 목숨을 바친 희생자들을 기록했다. 알제리 해방전쟁을 기록한 작가에는 모함메드 딥과 카텝 야신, 이스마일 아이트 자으파르와 무스타파 알아쉬라프 등이 더 있다.

알제리에서 밤 나들이 하기: 나와 누리 알 자라흐 그리고 아부 바크르 잠말

그날 밤 성채 밖의 차가운 공기는 촉촉하게 젖어 있었다. 우리는 목 메인 듯 쿡쿡거리는 소리 외에 따로 파도의 비명은 듣지 못했다. 우리는 바다를 따라서 나란히 난 알제리의 거리를 걷고 있었다. 우리 세 사람—1998년에 『유혈의 파라다이스』라는 책을 쓰기 위해 알제리를 방문한 적이 있는 누리 알 자라흐, 당시 그의 여행에 동행했던 알제리 시인 아부 바크르 잠말, 그리고 나—은 우리를 놀라게 했던 좁고 가파른 산길을 조용히 걸어갔다. 카스바에 있는 그 성채의 거리에서부터 오래된 우체국 건물 앞의 큰 광장까지 독특한 이슬람 문양의 장식이 있었다. 디도쉐 무라드 거리도 마찬가지였다. 하늘은 더 없이 깨끗하고 짙은 푸른빛을 띠었다. 빛은 우리 앞에 있는 건물들을 관통했다. 우리는 누리 알 자라흐가 유혈 테러가 벌어지던 때[100]에 대해 이야기하는 것을 들으며 걸었다.

누리 알 자라흐는 거기에 있었다. 그는 곤경에 빠진 사흘 알 마티지에서 수도 알제로 향하는 밤기차를 타고 죽음의 도로를 통과했다. 그는 알제리 지식인의 외양을 최대한 감춘 채 무장한 이슬람의 총구와 '속죄'라는 명분의 단도를 피해, 자신의 일거수일투족을 감시하던 정부의 보호와 암살자로부터 도망친 것일까? 이 질문은 분명하진 않지만 누리 알 자라흐가 직접 보았던 모든 것에 대해 품을 수밖에 없는 의문이자 수수께끼와 같은 것이다. 이것은 그가 칠흑같은 어둠과 아치형 천장이 있는 도시에 입성한 까닭이기도 하다. 그는 알제리 시인 아부 바크르 잠말과 함께 움직였다. 아부 바크르 잠말은 미심쩍은 무기가 넘쳐나고 생계를 꾸릴 능력조차 폭풍우처럼 날아가 버린 뒷골목을 다닐 때 그와 동행했다. 그곳에는 살인 면허와 희생 면허가 뒤섞이고, 정당하게 사용되는 권총과 테러범의 권총이 혼동되었으며, 지역의 이익과 식민제국의 이익이 뒤섞여 있었다.

이것이 바로 최초의 아랍 문화인이 유혈 비극이 난무하던 시련의 시기에 알제리에 도착해서 던진 질문이다. 그때는 무장세력의 충돌이 정점에 달해 언론인과 문화계 인사들이 희생되던 시기였다. 낯선 여행은 극단적 모험의 끝에 도달하고, 결과적으로 알제리는 그 시기에 유럽의 지식인 후안 고이티솔로, 베르나르 앙리 레비, 글뤽스만과 연결되었다. 누리 알 자라흐는 자신의 저서에서 이런 상황을 기록했다. 그는 죽음과 파괴의 지진이 폭풍처럼 휩쓸고 간 여러 도시에서 한 달 정도 머물면서 자신의 모험을 기록하며 그 상황에 대해 질문을 던졌다. 당시 그는 시인 아부 바크르 잠말과 함께 밤기차를 타고 이 도시 저 도시를 통과하며 떠돌았다. 그 기차에는 군인, 빈민, 노동자, 농부들이 있었는데, 그는 거기서 문화계 인사들도 만났고 그들로부터 이 나라에서 누구의 중재도 없이 벌어지고 있는 불행에 대한 여러 가지 견해를 들을 수 있었다.

우리는 그 밤에 알제 거리 곳곳을 돌아다녔다. 상점과 의상실, 식당은 이미 문을 닫았고 마지막으로 보이는 행인들도 집으로 돌아가는 중이었다. 그 도시에는 디도쉐 무라드의 저녁 시장이 남기고 간 쓰레기더미를 통과해서 술집으로 향하는 사람이나 귀가하는 사람 외엔 아무도 없었다. 누리 알 자라흐는 오래된 여행의 기억을 이야기하기 시작했고, 우리는 그 장소를 이전에 그가 여행하기로 약속했던 장소로 만들었다. 디도쉐 무라드 거리는 작가연맹 건물, 오딘 광장, 유시프 빈 킷다 대학의 지하통로에서 끝난다. 지하통로는 프랑스 식민 통치자들이 이 땅에서 물러나기 직전에 건설한 것이다. 그 다음으로 누리 알 자라흐가 친구 아들라 사디크의 집에서 거주했던 비으르 카딤 지역이 있다. 그는 아브야르와 히데라 지역을 통과했다. 그곳은 부자들과 군 장교, 장관, 외교관들이 주로 거주하는

지역이다. 그는 거기서부터 카스바 골목에서 벌어지는 무장 충돌과 함마 울라나 쿱바 혹은 베르 무라드에서 매일 벌어지는 삶의 행진을 관찰하곤 했다.

우리는 땅에 드럼통이 구르는 소리 혹은 바다 가까이서 우는 새소리를 들으며 걸었다. 지평선이 차츰 흐릿해지고 있었다. 우리는 무함마드 5세 거리에서부터 이슬람 장식이 돋보이는 우체국 건물을 지나 발라디 극장까지 꼬불거리는 길을 지나갔다. 그 극장 앞에서는 어떤 연주단이 마법 같은 밤에 어울리는 아름다운 민요를 연주하고 있었다. 그 다음 우리는 프랑스풍의 선술집에 들어갔는데, 그곳은 유리잔이 부딪히는 소리, 술 취한 사람들이 내는 소음, 웨이터들의 목소리, 의자와 테이블이 부딪히는 소리, 웃음소리, 시끄러울 정도로 큰 웃음과 밤새 이야기를 나누는 사람들로 가득했다. 누리 알 자라흐는 대량학살 시절 그가 만났던 알제리 문화인에 대한 자신의 기억을 계속 이야기했다. 그들이 테러와 무관심 속에서 어떤 만남을 유지하고 어떤 생각을 했는지, 또 그들이 어떤 걱정을 하고 어떤 삶을 꾸려 나갔는지에 대해 이야기했다. 황량한 소리를 내는 밤기차를 타고 그는 부즈레아 산을 지났고, 새벽에는 무알리끄 다리를 지나 카산티나에 도착했고, 혹은 축제의 날이 되기 전날 아침 주요도로가 봉쇄되어서 좁은 골목으로라도 들어가기 위해 양을 끌어내고 있는 한 남자의 옆을 따라 걸으며 위험한 카스바로 들어섰다.

"모험은 미친 짓이야." 나는 그에게 말했다.

모험은 꼬이고 끊어진 길들을 지나 목적지에 가려고 미로를 통과하는 게임과 흡사하다. 모험은 프랑스인들 이후로 아무도 감히 들어가려 하지 않는 도시를 통과하는 것이다.

모험은 사흘 알 마티지를 지나 폭풍우 몰아치는 동부의 여러 도시에 도달하는 것, 혹은 다양한 시와 노래, 문화를 걱정하고 인생을 두려워하며, 인생에서 정치적으로 느껴야 하는 중압감, 봉쇄, 지평선의 부재, 많은 문화인들을 도살한 불꽃 같은 테러의 칼에 대한 이야기를 하며 앉아 있는 것이다.

사람들은 짙은 술 향기 위로 술잔을 들고, 한 여자는 고풍스런 외투를 우아하게 차려입고 목재 난간에 기대서서 술잔을 들이키며 종업원과 농담을 하고, 모자를 쓴 남자는 말없이 앉아 창문을 응시한다. 거리에는 희미한 불빛만이 남아 있었는데 어둑해지는 하늘에 별들이 반짝일 때마다 그 불빛은 더 희미해졌다. 열어 놓은 문 때문에 더 쌀쌀해졌지만 그 덕에 우리는 술 냄새를 좀 덜 맡게 되고 넓은 유리창을 통해 디도쉐 무라드의 밤거리를 관찰할 수 있었다. 거리는 술집을 배회하는 사람, 노숙자, 교차로에서 물건을 파는 여자, 행인, 모험가, 창녀, 취객, 문화인, 학생, 노동자, 기자, 이 모두를 왕관처럼 꾹 눌러 쓰고 우뚝 서 있다. 누가 알겠는가, 그들 사이에 신분을 감춘 테러 분자들이 있을지.

우리는 도시 중앙에 있는 거대한 시멘트 구조물을 지나서 프란츠 파농 거리와 국립도서관에서부터 시작된 언덕길을 올랐다. 오라시 호텔에 가기 위해서였다. 누리 알 자라흐는 여행 중에 만났던 동시대의 알제리 문인들에 관해 재미있는 이야기를 들려주었다. 예를 들자면 와시니 알 아으라즈, 따히르 왓따르, 아시야 무사, 하미다 이야시, 바쉬르 알 무프티, 마자리크 바크타시, 하르즐라 부제이드, 나시라 무함마디와 같은 작가들. 우리는 그가 책에서 언급했던 여러 가지에 대해서도 이야기를 나누었다. 예를 들자면 동서양의 문화, 아랍화 된 문화와 프랑스화 된 문화, 아랍화 된 사람들과 프랑스화 된 사람들, 다문화, 문화의 양극화, 쓰레기통으로 변한 세르반테스 동굴, 가족공원에 있는 동상의 바지 등등.

우리는 고개를 올라갔다. 그곳에서 바다는 배의 꼭대기에 달려 있는 등불을 은근히 바라보고 있었다. 그 바다는 크게 요동을 치며 흔들리는 놀라운 것이었다. 모든 것이 아주 오래 전에 있었던 것처럼 반짝거렸다. 오래된 사진처럼 멀리 뻗쳐 있는 거대한 파동, 넓게 경사진 길과 보도를 향해 뻗어 나가는 빛의 섬광, 매혹적인 아름다움, 나무 그림자의 계단을 통과해 우리가 올라갔던 건물을 보고 느낀 당혹감과 놀라움, 멀리 집들 뒤로 타오르는 커다란 불길. 거기에는 그 저녁 최초의 떨림 앞에서 상처 입은 영웅주의의 형상이 움직이고 있었다.

주변에서는 자동차가 경적을 울리며 질주했다. 거리에는 금장식의 구조물, 고대 경주장, 그늘을 만드는 커다란 나무에 걸려 있는 새둥지가 있었다. 누리 알 자라흐의 이야기를 듣고 있노라니 어느 정도 생기가 돌았다. 우리는 과거 어느 날 희생으로 뒤덮였던 그 거리들을 걸었다. 포도송이로 아름답게 장식되어 있는 땅과 금으로 장식된 거리에서 우리는 사람들의 꿈을 보았다. 그 꿈은 벌써 멀리, 그러나 신비스런 바다를 향해 가고 있었다.

블리다 그리고 산행

블리다[101]. 그곳은 마르메 시대 이래로 세상에서 가장 조용하고 그림처럼 아름다운 장소이다. 그곳에서 당신은 아름다움을 위해 모든 것을 포기하게 된다. 당신은 그곳을 펼쳐진 책처럼 읽지만 사실 그곳은 신비하고 존경할 만하며 영원의 공간이다. 하지만 지저분한 거리와 시장통의 소음은 그곳이 서민적인 장소임을 알려 준다. 어쩌면 그 옛날 마르메가 만났던 상인은 오늘까지도 술에 취해 눈은 한 곳을 바라보며 물담배를 문 채 한 발은 샌들을 신고 다른 한 발은 맨발인 채 잠들어 있을지도 모른다.

우리는 바다에서 멀리 떨어진 꾸불거리는 긴 길에서부터 여행을 시작했다. 우리는 고대 전설 속의 장소와 스트라본이 약 백 년 전에 최초로 보았던 것처럼 마법과 경이로움으로 둘러싸인 신비의 장소를 향해 여행을 떠났다. 당시 그는 그곳에서 달아나는 타조와 못생긴 가젤을 흔하게 보고 뱀에 물린 데 치료하는 침이 있는 동물도 보았다.

우리는 그가 이미 떠나가고 없는 고대 정착지를 보았다. 하지만 우리는 살라크로의 『아틀라스의 호텔』이라는 소설에 영향을 주었다는 장소를 찾지 못했다. 나는 몇 년 전 바그다드에서 그 소설을 읽은 적이 있다. 뿐만 아니라 그곳에는 오셉의 소설 『여우 알리』도 없고 프랑스인이 아랍인에 대해 가졌던 끝없는 우월감도 없었다.

블리다, 그 이름만으로도 나는 상상 속에서 로펠루스와 마르메가 스타올리를 펼치는 모습과 성자 아우구스티누스의 위대한 얼굴을 떠올리기에 충분하다.

블리다, 그 이름만으로도 자신의 지역색을 고스란히 간직하고 있는 무스타가남, 오랑, 카산티나 같은 지명이 떠오르기에 충분하다. 나는 그곳의 알제리 여인들이 치장하고 교태를 부리는 모습, 그리고 전등 빛이 비치는 집 마당에서 북의 리듬에 맞춰 춤추는 모습을 상상하게 된다. 낯설고 운명적이며 성스러운 모든 것이 높이 올라간다. 흰 산 위 송골매의 둥지처럼 조용히 웅크리고 있는 형국의 수도 알제, 그 이면을 슬쩍 보았을 때 내 손은 피가 낭자한 도살장의 촉감을 느낀다.

우리는 흙과 먼지로 뒤덮인 소형차를 타고 샤리아를 향해 올라갔다. 여자들은 질그릇의 탄자를 들고 삼나무로 울타리를 친 초록의 길을 걸어 올라가고 있었다. 높이 솟은 그곳 산의 표면은 짙은 초록색이었다. 그 산이 뻗어 나간 경계는 불분명했지만 마치 헤르몬 장미처럼 변화하는 모습은 놀라웠다. 우리가 올라갔던 기복 있는 땅이 바로 천 년 전 무슬림 군대가 행진했던 그곳이었다. 여기 있는 이 암석들은 절대로 낙엽을 허락하지 않는 여러 종류의 나무가 그늘을 만들었던 땅 그 자체이다. 다른 나무들은 옹이가 많은 몸통과 얽힌 가지 그리고 짙고 조용한 잎을 늘어뜨린 채 암석을 에워싸고 있는 듯 보인다.

여름에도 눈으로 뒤덮인 백색 샤리아에 도착하기도 전에 계절은 이미 겨울이었다. 나는 끈적한 감촉의 둥그런 초록색 나뭇잎을 손으로 잡았다. 나뭇잎은 돌을 덮고 있었고, 암석들은 땅을 여러 층으로 통과한 상태였다. 석회층은 흐릿한 청색으로 변해가고 있었다. 멀리서 보면 마치 인체 골격에 붙어 있는 단단한 근육처럼 보였다. 거기 자갈땅을 구분하듯 나누는 다른 종류의 암석들이 있었는데 그것들은 덮여 있는 흙을 뚫고 당장이라도 뛰쳐나올 준비가 된 상태였다.

처음 눈과 안개 그리고 짙은 구름으로 뒤덮인 샤리아에 도착했던 우리는 무척 당황했다. 갑작스레 하얀 눈 폭풍이 불어 닥쳐 우리를 머리부터 발끝까지 온통 눈꽃으로 덮어 놓고 간 이후에는 더욱 당황했다. 우리는 눈길을 힘겹게 걸어 거대하게 우뚝 선 나무 근처의 불가에 도착했다. 발과 얼굴 그리고 온몸이 차가운 습기로 가득했다. 마치 향기를 풍기는 포도주를 한잔 마신 것같이 정신이 바짝 들었다. 안개가 모든 것을 덮고 있었다. 구름은 시야를 거의 가렸지만, 우리는 비까지 내리는 와중에도 걸음을 재촉했다. 추위에도 끄떡없는 높은 나무들은 공중에서 휘파람 소리를 냈다. 기둥에 있던 흐릿한 전등이 차가운 기류로 인해 흔들거리기 시작했다.

우리는, 나와 무함마드 다리프 그리고 만다르 알 아킬리가 함께, 한데 뭉쳐 지그재그로 걸었다. 우리는 눈 위에서 미끄러졌다가는 다시 하나로 뭉쳐 걸었다.

그 길을 따라가니 멸종된 동물을 연구하는 박물관이 있었는데, 우리는 그 길에서 눈 향기와 살아 있는 초원지대에서 풍기는 추위의 냄새를 호흡했다. 그날 우리는 마치 천년 전부터 있었던 것 같은 추위의 신선함을 마셨다. 구름 때문에 건물들이 무언가에 휩싸인 채 주저앉는 것처럼 보여서 기분이 우울했다. 우리는 불이 켜진 창문이나 혹시 근처에 인가가 있는지 찾으며 걸었다. 우리는 겨울은 이미 지났지만 우리가 시골에서 흔하게 만날 수 없는 폭풍 속에 있다는 걸 깨달았다. 우리는 조각 난 나무와 녹아내린 물이 만들어 낸 향기를 맡으면서 너무 어둡고 멀다고 아이와 같은 걱정도 하고 있었다.

우리는 그날 갑자기 이 고지대를 향해, 구름이 잔뜩 낀 먼 곳으로 향하게 하는 전설적인 어떤 기운에 이끌렸다. 불분명한 힘에 이끌려 우리는 눈이 쌓이고 꼬불거리는 작은 골목으로, 몸통은 이빨 모양을 하고 있으면서 기억을 끄집어내는 이상한 나무를 향해 나아갔다. 우리는 수수께끼 같은 힘에 이끌려 거의 파괴되고 고립된 작은 건물을 향해 나아갔다. 그곳에서 우리는 낮은 울타리 너머 문 위에 돌로 만든 아치가 있는 이층방들을 보게 된다. 구름과 안개 너머로 창고가 있는 작은 앞마당, 닭장, 눈 위에 놓인 의자, 줄지어 선 삼나무를 보게 된다. 그곳은 전설적인 공간이라기보다는 마법적인 공간이었다.

우리는 결코 잊지 못할 추억의 폭포수를 맞이했다. 흰색의 장식이 보여주는 아름다움이 얼마나 장관이던지! 순수의 흰색은 거의 모든 것을, 천연의 그 공간에서 우리를 둘러싸고 있는 모든 것을 덮기 시작했다.

그날 상록수와 삼나무가 보여준 절정의 아름다움은 참으로 대단했다. 시골이 바로 파라다이스였다. 그것은 겨울밤의 악천후를 닮지 않은 어떤 것이었다. 당신은 아주 차가운 눈이 머금은 습기 아래서 호흡을 하는데도 시골의 신선한 공기를 느끼게 되리라.

알제리를 떠나기 전에 던지는 질문

우리, 나와 튀니지 작가 알리 미스바흐는 수도 알제의 디도쉐 무라드 거리 맞은편에 있는 오딘 광장 근처의 대형서점에 들어갔다. 작가 라쉬드 부제드라의 사진이 선명하게 실린 잡지가 한쪽 선반에 놓여 있었다. 그는 미래가 아랍어 소설의 전성기이지 프랑스어 소설의 전성기는 아니라고 단언했다. 잡지가 있던 선반 쪽에서 멀리 알제리 작가들이 프랑스어로 쓴 소설들이 선반을 가득 채우고 있었다. 프랑스어로 작품을 쓴 작가들의 사진이 벽에 걸려 있었는데 예를 들자면, 카텝 야신, 마울루드 마으마리, 마울루드 페라운, 앗시아 제바르, 따하르 자우트 등이었다. 하지만 아랍어로 작품을 쓴 작가들의 사진은 없었다.

나는 프랑스어를 유창하게 하는 서점의 여점원에게 신간 서적이나 여타 출판물들을 구할 수 있느냐고 물어보았다. 예를 들자면 지도책, 사전, 문학사전, 소설, 시집, 정치서, 알제리에 대한 소개서, 동양 여행서, 알제리를 거쳐 간 프랑스 예술가들의 앨범, 정치인들의 회고록, 혁명이나 독립에 관한 책, 테러에 관한 책 말이다. 그 서점에는 프랑스어에서 아랍어로 번역된 책과 반대로 아랍어에서 프랑스어로 번역된 책, 그리고 아랍문학이나 사회, 심리학, 철학에 관한 연구서도 있었다. 서점에 있는 긴 목록은 알제리 문화의 발전은 물론 놀랄 만큼 다양한 그 종류를 보여 주었다.

그곳에는 특히 프랑스어로 쓴 알제리 작가들의 책이 많았다. 내가 현대작가들 대부분의 이름을 모르는 탓에 여점원에게 독자들 사이에서 널리 알려진 작가들을 추천해 달라고 부탁했다. 물론 책을 구입하기 위해서였다. 그녀는 프랑스에서 출간했거나 알제리 내의 출판사에서 프랑스어로 출간한 작가들의 책 몇 권을 건네주었다. 야스미나 카드라, 라쉬드 미무으니, 따하르 자우트, 사딕 이사트, 하비브 아윱, 시프얀 핫자즈, 알리 말릭, 아민 알 자위와 같은 작가들이었다. 그들 중 일부는 아랍어와 프랑스어 두 개의 언어로 책을 썼다.

물론 알제리 작가들이 프랑스의 방식과 시선으로 알제리에 대해 글쓰기에 열중했던 알제리의 이국적인 소설 시대는 지나갔다. 예를 들자면 하지 후무 압둘 까디르의 『꽃』, 술레이만 빈 바라힘 와디니의 『나일 아이들의 춤』, 슈크리 쿠자의 소설 『이교도』, 쉐이크 무함마드의 『대추야자 오아시스의 마르얌』, 아시야 자하르의 『힌드』,

아므루 마리 루이즈의 『검은 히야신스』, 다바스 자밀라의 『알제리 처녀 라일라』, 알리 알 타하미의 『이드리스』, 하므라 앗 따입의 『별 너머의 경주』 등이다. 이 중 대다수 작품은 십 년도 훨씬 전에 내가 바그다드에서 읽은 것들이다.

알제리는 문화적으로도 눈에 띄게 유린당한 피해자이다. 아랍화와 프랑스화 간의 투쟁은 유혈분쟁의 양상으로 오랜 기간 지속되었다. 현실적으로도 살생이 발생했고 아랍화와 프랑스화의 두 가지 정책으로 인해 많은 이들의 삶이 피폐해졌다. 프랑스화 정책은 알제리의 행정, 교육을 점령했다. 그러므로 프랑스는 자연스럽게 프랑스화 정책을 강화하게 되었다. 반면 아랍화된 이들은 폭력의 희생자가 되었고 무관심과 주변인의 삶을 살게 되었다. 심지어 아랍세계의 문화인인 우리로부터도 그런 대접을 받았다. 우리는—프랑스풍의 모델이 계속되는 한—프랑스어로 글을 쓴 작가에게 주로 관심을 보였다. 그렇게 우리는 그들의 책을 번역하고 그들에게 넘치는 관심을 보였다.

다음날 나는 대학 근처의 르티에르 몽드 서점에 갔다. 그리고 아랍어로 된 소설과 책 몇 권을 샀다. 예를 들자면 하미다 이야쉬, 바쉬르 무프티, 무라드 바크르잔잔 등의 작품이다. 이들은 다른 작가들과 달리 아랍어 집필로 유명한데, 사실 이들은 아랍 문화의 현장에서 분리되지 않고 그 일부를 이루고 있었다. 예를 들자면 라쉬드 부제드라, 따히르 왓따르, 아흘람 무스타가니미, 와시니 알 이으라즈 등의 작가들이다. 이들은 조사하듯 꼼꼼하고 신뢰할 수 있는 시각으로 작품에 임하고 있다. 우리는 프랑스어로 쓰인 글들이 그다지 중요성을 지니지 못한다는 사실을 발견한다. 이것은 절대로 정치적인 입장이 아니다. 야스미나 카드라나 따히르 주트의 소설들을 읽어 보면 이내 시간 낭비라는 걸 알게 된다. 프랑스어로 쓰인 소설은 어울리지 않는 옷을 입은 것과 같다. 그래서 언어의 가치를 점점 상실하게 할 뿐이다. 만약 우리가 이런 작품들을 아랍어로 쓰인 소설과 비교한다면 아흘람 무스타가니, 라쉬드 부제드라, 와시니 알 아으라즈의 소설 앞에서 그 빛이 바래게 될 것이다. 사실 젊은 세대의 소설들을 예로 들자면 하미다 이야쉬, 바쉬르 무프티 같은 작가들의 작품은 더욱 그렇다. 그 두 사람의 작품은 프랑스어로 쓴 작가들의 소설과 견주어 볼 때 언어와 감각, 여러 종류의 매혹적인 힘에서 월등함을 보여준다.

작고한 카텝 야신은 자신의 글에서 이렇게 밝힌 바 있다. "알제리에서 프랑스어는 전리품이다." 그러나 나는 프랑스어가 우리의 전리품이 아니라고 확신한다. 오히려 그것은 그들의 전리품이다. 그럼에도 불구하고 그 중요성이 대두되는 것은 학생과 아랍화 된 작가들로 구성된 신세대 때문이다. 그들은 그 형상이 거의 뒤바뀌었다고 축하하고, 우리나라에서 다른 언어들이 문화적 전리품이 되는 것, 그리고 우리 문학을 전쟁이나 파괴 그리고 경쟁의 희생으로 만들지 않도록 하는 것도 축하할 일이라고 생각한다.

알제리를 떠나기 전에 나는 바다가 내려다보이는 오라시 호텔의 베란다에서 질문을 던졌다.

이것이 알제리인가? 태양이 조용히 떠오르고, 하얀 구름은 남쪽에서 밀려오고, 해변에는 선원들이 제복을 입은 채 서서 흙 묻은 발로 해안 보도에 얼룩을 남기는 이 장면. 그렇다면, 당신 해안도시여! 당신은 젊고 간교하지만 매혹적이고 아름다운 여자이다. 반면 우리는 헝클어진 수염을 한 노인이다. 우리는 당신이 다른 사람에게 가버렸을 때 비탄의 신음과 상처 입은 동물처럼 고통 소리와 비명을 질렀다. 우리는 당신에게 미쳐 있다. 관광객들, 예술가, 박봉의 직원, 도시의 사기꾼, 남자, 여자, 우리 모두는 당신에게 매달려 있다. 마치 가난한 가족이 예쁘게 생긴 딸 하나에게 매달리는 것처럼!

4장

아테네

: 올림피아 신전의 기둥

이곳은 아테네

이것이 위대한 고요를 사랑했던 아테네이고, 저것이 수많은 난관을 이겨낸 자신의 능력을 사랑했던 올림피아 신전의 기둥이다. 위험하고 갈팡질팡하는 여자는 아테네를 사랑했다. 아테네는 전설속의 영웅과 연인, 현인, 정치인, 시인, 철학자들 사이에서 잃어버린 운명을 부여잡고 살았다.

저항의 아테네는 예술의 세상과 대중의 세상, 방랑자와 귀족, 답습과 일탈 사이에서 시달림을 받았다. 그리스의 섬세한 예술가 마릴라는 마법 같은 방법으로 자신을 소개했다. 그녀는 화분에 핀 노란색 세 송이 시든 꽃 사이에서 내게 자신을 알려왔다.

그녀는 아테네에서 이제는 마법의 힘을 잃어버린 돌을 찾고 있었다. 그녀는 아테네의 육체에서, 젊은 도시에서, 살아 있는 향기를 찾고 있었다. 그녀는 바다에서 부스러기를 찾을 뿐 세상이나 그곳의 법이나 지식을 찾는 것은 아니었다. 그녀는 우리가 이미 상실해버린 역사의 도시 아테네를 찾고 있었고, 우리가 이미 잃어버린 고대 세계의 도시를 찾고 있었다. 그녀는 위대한 세상의 보석과 그 세상이 주는 교훈과 영광을 찾고 있었다. 그녀는 그런 보석과 보석의 존재를, 이 세상을 창조했던 사랑을 찾고 있었다. 세상은 외롭고, 그래서 시가 그 세상 앞에서 열렸다.

나는 아테네에 도착했을 때 낱말과 우주, 다양한 세상으로의 여행에 대해 이미 깨달았다. 고대 세계로의 여행, 미지의 세계로의 여행, 드러난 세상으로의 여행, 그리고 지식세계로의 여행.

나는 오모니아 광장[102] 한쪽의 나무로 된 매점에서 물건을 파는 중년 여자에게 물었다. "아테네 도로를 상세히 표기한 지도 있습니까?"

"그럼요." 그녀는 내게 지도를 건네주었다. 그리고 잠시 머뭇거리더니 내게 말했다. "그 지도대로 가다보면 아테네에서 길을 잃기 십상이죠."

나는 지도와 몇 가지 안내 책자로 아테네 여기저기를 찾아다닐 수 있을 거라고 상상했다. 하지만 몇 달 후 내 자신을 되돌아보며 실소를 금치 못했고, 여느 여행자나 그렇듯이 아테네에서 길을 잃고 말았다.

나는 아테네가 여러 거리에서 여자들과 흥청거리고 아테네의 시를 읊어대면서 길을 잃는 과정 없이는 절대로 자신을 보여주지 않는다는 것을 깨달았다. 나는 아테네에서 영원한 감각과 같은 그 무엇인가를 깨달았다. 그것은 영원의 존재론적인 언어로 지속되는 것이었다. 위대한 느낌은 그 의미론적인 언어와 기호로 스스로 새로워진다. 나는 아테네에서 영원하고 영속적인 시를 깨달았다. 이는 스스로 새로워지고 변화하는 것이다. 지식을 발견하는 것이고, 감각이자 언어이며 감정이고 존재론적인 그 무엇이다. 아크로폴리스에 도착했을 때 나는 그리스 여성 시인의 희미한 아름다움을 깨달았다. 그녀는 감각적인 육체의 흔적과 녹색 눈동자를 잃어버리지 않았다.

아테네의 아침은 거대한 불꽃으로 타올랐다. 역에 도착하는 무리, 흰색 새틴으로 덧입힌 팔걸이의자와 소파가 있는 작은 카페에 앉아 있는 무리. 마릴라와의 첫 만남에도 거대한 불꽃이 이글거렸다. 그날 그녀는 연극 의상을 입고 있었다. 그녀는 내 기억을 안티고네[103]의 비극의 운명으로 돌려놓은 고대 의상을 입고 있었다. 우리가 처음 알게 된 순간부터 그녀의 육체와 아테네인들의 숨겨진 자유사상가 기질에 대해 그녀가 들려준 이상야릇한 이야기는 내게 마법을 걸었다. 그녀가 구사하는 기쁨에 들뜬 프랑스어 역시 내게 마법을 걸었다. 긴 창문을 통해 우리는 거리를 오가는 여자들을 바라보았다.

어떤 과장도 하지 않는 아테네는 바다에 누워 잠들어 있었다. 사이피르스가 그 모습을 보고 이렇게 말했다. "나는 '바다에 누워'라고 말한 시인을 숭배한다."

아테네는 바다의 모래 위에 누워 있었고, 사이피르스는 그곳에서 시를 생산했다. 마치 줄리앙 그라크가 시르트 도시나 오르세나의 가족, 그리고 해안가 시골 마을의 집으로부터 시를 생산해냈던 것처럼. 아테네에 도착했을 때 나는 리트소스의 시를 기억해내고 영원한 그의 슬픔을 떠올렸다. 나는 그의 시에 나오는 두 개의 길을 생각해냈다. 하나는 바다로 향하고, 다른 하나는 아크로폴리스로 향하는 그 두 개의 길 가운데에서 나는 길을 잃었다.

나는 아테네에서 시의 본질을 깨달았다. 그것은 여행, 출항, 비행기, 피난처, 변화, 새로워지는 것과 가까이 있는 것이다. 나는 또한 시의 정수를 깨달았다. 그것은 낯선 도시들을 발견하는 것에 가까운 무엇이다. 그런 도시들은 우리가 여행을 하면서 처음으로 가보는 곳이다. 나는 또 여행의 정수를 깨달았다. 그것은 여자와 가깝다. 여행하는 여자, 우리가 사랑과 시와 여행이라는 단어를 가지고 여행하게 되는 낯선 도시의 여자.

도시의 시와 도둑들의 욕망

"그날 욕망에 싸인 두 명의 도둑이 나를 안내했다. 그 두 사람은 결국 내 주머니에서 나머지 몇 달러까지 훔쳐갔다."

"나는 그 두 명에게 좋은 아이디어를 얻은 대가로 기꺼이 돈을 줄 수 있었어."

"아니, 아테네 사람은 믿음을 주지 않아. 단지 자신이 목적한 바를 얻기 위해 사기를 치든 무력을 사용하든 수단과 방법을 가리지 않을 뿐이지." 마릴라는 자신의 잔을 들이키면서 이렇게 말했다.

"당신이 아테네에서 살기 위해 반드시 돈이 있어야 하는 건 아냐. 그냥 그곳에서 떠돌이 시인이 되거나 여기저기 도시나 섬들을 걸어서 여행하면 되지."

"어떻게 다른 도시나 섬으로 갈 수가 있지?"

"그냥 아무 차나 타고 그 도시에서 길을 잃으면 되는 거야. 그러면 우린 그곳에서 시인이나 예술가, 연극하는 이들을 만나게 될 거야. 물론 그들도 우리처럼 길을 잃은 처지지."

아테네에서 깨달은 고대의 지혜. 그것은 결국 우리가 길을 잃고, 고대의 유적과 많은 돌, 많은 낱말을 제외하고는 우리의 영혼을 발견할 수 없다는 것이다.

우리가 이른 아침 아테네에 도착했을 때 그 도시의 대부분은 시로 넘쳐났다. 많은 여자들이 가죽 가방을 든 채 공항에서 담배를 피우고 있었다. 고대 아테네는 거대한 제국주의의 세력에 맞서 승리를 거머쥐었던 그 영광을 내보인다. 아테네는 전설적인 열정과 영웅들의 호방함, 그리고 실직 청년들의 게으름을 보여준다.

아테네는 항상 인류의 청춘들을 새롭게 하고, 사상의 기쁨, 우리가 두 발로 걸었던 오랜 여정들, 올림피아 신전 근처에서 벌어지는 폭풍우 치는 여름밤의 모임을 새롭게 만드는 곤혹이다. 아테네는 우리가 플라톤주의의 번성을 통해 획득한 근원적인 부유함이다.

우리는—세계 각지에서 온 20여 명의 젊은 예술가들과 함께—걷고 있었다. 우리는 가방을 둘러메고, 부유한 관광객들에게 얻은 샌드위치를 들고 있었다. 이것이 바로 아테네이다. 벌거벗은 채, 무장하지 않은 채, 마치 어둠 속의 촛불처럼 희미하게 서 있다.

그리스 시인 마릴라는 내 앞에서 나신이 되었고, 우리는 아테네의 발라카 지역의 셋방에서 어둠을 벗 삼아 술을 퍼부었다. 그날 나는 그녀에게 말했다. 우리는 침대에 함께 누워 있었다. "아테네는 시가 아니었어. 그리스에서 우리가 가보았던 다른 도시들도 역시…."

이제 와서야 나는 마릴라와 함께 걸어 다녔던 이 위대한 도시들이 결코 시와 멀리 있지 않았음을 과거 어느 때보다 더 잘 알게 되었다. 나는 발칸 반도 앞에 펼쳐진 바다의 섬들이나 흰빛이 감돌던 도시들을 의미하는 것이 아니다. 태양의 섬광 아래 반짝이는 수면은 당신의 눈을 사로잡는다. 살아 숨쉬는 그 도시들에는 바다에서 목욕을 하는 여자들과 통 좁은 판탈롱을 입은 여자들과 아크로폴리스 광장을 향해 높은 계단을 올라가는 여자들이 있다.

마릴라가 시집으로 돈을 좀 받은 날 티켓 두 장을 사서 내게 왔다. 발라카 지역 가까이 있는 바쿠스 거리에서 가방을 짊어진 채 뛰듯이 달려왔다. 그녀는 말했다. "갑시다. 크레타 섬으로 가는 증기선에서 시를 찾아보자구요."

아테네에서 나는 그리스의 시인 마릴라를 알게 되었다. 그녀를 처음 만난 곳은 오모니아 광장 근처의 작은 카페였는데, 그녀는 오피다루스 극장에서 상연 중인 비극을 공연하던 극단의 일원이었다. 그날 우리는 밤을 새우며 바린쉰에 동이 트는 광경을 지켜보았다. 그리고 정오에 잠이 들었다. 저녁에 다시 만나서 아주 오랫동안 시에 대해 이야기했다. 우리는 바다에 떠다니다 모래밭을 뒹굴다가 하면서 그렇게 밤을 보냈다. 그녀는 처음에는 힘이 없어 보였지만 이내 시를 통해 소생했다. 우리는 파도가 밀려오는 요란한 소리와 움직임 속에서 몇 번이고 포옹했다. 그렇게 밤을 보내고 바다에서 해 뜨는 모습을 맞이했다. 파도는 모래밭에 누운 우리의 벗은 몸에다 장난을 걸었다. 심연의 바다에서 밀려온 파도의 소음이 우리 얼굴을 사정없이 때렸다.

우리는 파도에 유린당한 해변에서 즐거운 시간을 보내곤 했다. 소음이 훑고 간 한적한 장소에서도, 바다를 마주보고 있는 가냘픈 수초 부근에서도 즐거운 시간을 보냈다. 무감각한 모래 위에서 파도 모양으로 무리를 짓고 있던 새들이 우리를 에워쌌다. 그 밤에 나와 마릴라는 서로를 훔치는 시선으로 바라보다가 동이 트고 황금빛 태양의 물결이 아크로폴리스에 밀려올 때가 되어서야 서로에 대한 시선을 거두었다. 아침에 우리는 함께 서 있었다. 고대 성채의 꼭대기에서 바라보는 장엄한 광경을 놓치지 않기 위해 거기 커다란 바위 위에 서 있었다. 북적이는 도시 발라카 지역의 전경, 미학적인 공학 기술로 형태를 이룬 아테네의 아카데미, 장엄한 국회 건물. 우리는 아크로폴리스에서 카브니카라 도서관과 쿨루리야 교회를 보았다. 제우스 신전과 페리클레스 시대부터 존재했던 모자이크도 보았다. 아주 오래전부터 남아 있었던 조각상들, 작은 기도실을 피난처로 삼은 연인들의 모습은 영화 같은 화면으로 스쳐갔다. 이 모든 것은 이 높은 언덕이 보여주는 또 다른 매혹의 광경이다. 그날 우리는 일본인 남자 기자와 미국인 여자 관광객—그녀는 아직 젊은 나이였는데, 사랑이 그녀의 육체에 남겨놓은 흔적을 끼고 살고 있었다—과 동행하게 되었다. 발로타리추 거리에서 오래도록 여행을 하고, 산으로 오르는 철도—기차는 산 정상까지 실어다 주는 대신 엄청 비싼 요금을 내야 했다—로 이어지는 여러 갈래 길에서 느꼈던 지겨운 방랑, 그 도시를 천막처럼 뒤덮은 안개와 가까이 있는 섬들을 바라보던 일, 콜로나키 탑에서 오랜 시간 시시덕거렸던 일, 유명 레스토랑 근처 카페에 죽치고 앉아있거나 옷 가게들을 순례하며 아이쇼핑을 했던 일 등은 여행 중 덤으로 얻은 기쁨이었다.

우리는 플랫폼 위에 앉았다. 나와 마릴라. 우리는 행상에게서 산쿨루리를 사서 먹었다. 그녀가 말했다 "이건 니코스 카잔차키스가 즐겨 먹던 서민음식이야."

우리에겐 돈이 많지 않았다. 그래서 주머니에 있던 동전까지 탈탈 털어서 밀 껍질을 벗긴 반죽에다 설탕을 바른 음식을 겨우 살 수 있었다. 그리고 나서 우리는 박물관으로 갔다. 여러 부티크를 구경하며 다녔다. 스테파넬, 구치, 막스마라 등. 우리는 이르무 거리를 달렸다. 국회 건물 건너편에 도착해서야 멈췄다. 우리는 맥도널드에서 유치한 사춘기 아이들처럼 말다툼을 했다.

마릴라는 카브니카리에서 작은 비잔틴 교회를 발견하고는 그

벽에다 입을 맞추었다. 그런 다음 우리는 싸구려를 파는 시장 쪽으로 뛰어 내려왔다. 저녁에는 프랑스 기자 아니크와 함께 술을 마셨다. 술값은 그가 계산했다. 그는 미국인 여자 관광객과 함께 다니길 원했다. 그래서 우리는 그 두 사람을 어두컴컴한 전통 주점에서 함께 만나 그곳에서 끼니를 때웠다. 역시 프랑스 기자가 계산을 했다. 그리스 전통음악에 맞춰 신나게 춤을 추었다. 나와 마릴라는 지쳐서 길바닥에 드러누웠다. 프랑스 기자는 당혹감을 감추지 못하고 우리를 경멸하는 기색이 역력하더니 이내 자리를 떴다.

두 달 동안 우리는 아나퓨티카를 떠돌며 지냈다. 작고 어두컴컴한 선술집에서 끼니를 해결하고, 그리스 청년들이 하는 것처럼 좁은 골목길을 달리고, 키클라데스[104] 제도를 걸어서 누비고, 버스로 이동하고 하면서 지냈다. 마릴라는 관개수로 탑 근처 아이르디스에서 내 몸에 입맞춤했고, 비싼 대리석으로 지은 성채에도 마법 같은 입맞춤을 인쇄 자국처럼 남겨 두었다. 우리는 천장이 낡은 옥내 시장 근처의 작은 벤치에서 잠들었다. 걸인이 우리를 위해 사랑이 넘치는 연인에게 어울리는 음악을 연주해주었다. 우리는 카이사르와 아우구스투스 시대 이래로 쭉 그곳에서 잠자고 깨어난 것 같았다. 우리는 집시의 거리에서도 잠들고 깨어났는데, 그들은 우리에게 달콤한 사랑의 음악을 팔았다. 모나스티라키 광장[105], 카트다리야로 향하는 거리, 신타그마 광장[106]과 국회 건물이 있는 거리에는 색색의 유행하는 옷들이 넘쳐 났다.

그해 여름 우리는 하는 일 없이 빈둥거리며 지냈다. 아테네에서 더 많이 사랑하며 지냈다. 우리는 가난했기에 낯선 길이나 폐허가 된 아파트에서 형편없는 끼니를 때우며 탐험하듯 살았다. 하지만 우리는 아테네의 밤과 인생의 즐거움, 예술과 연극을 즐기며 살았다. 러시아 연극배우 미치광이 세르게이는 우리를 자신만의 미궁과 예술의 미궁으로, 그리고 아테네의 미궁으로 안내했다. 우리는 어디에서든 잠들었다. 항구의 보도, 공원 벤치, 석조 유적지. 우리는 땅 위에서 즐기는 기쁨을 맛보고 하늘의 별을 세었다.

우리는 해변에서도 잠이 들었다. 밤바다의 파도가 반대편에서 달려왔다. 아침이면 우리는 파도에 밀려 몸이 젖어 있었다. 우리는 고대 유적지의 폐허 속에서 보헤미안 시인으로 살았다. 우리는 아침부터 밤까지 소피스트 철학자들처럼 걸었다. 밤이면 유적지로 둘러싸인 도심으로부터 멀리 떨어진 길에서 잠들거나 교외에 있는 빈민가 벤치에서 잠을 자기도 했다. 우리는 무도회장이나 밤의 유흥가에서 전 세계에서 온 청년들처럼 탈선의 길을 걷기도 했다. 시인, 관광객, 도망자, 피난민, 모험가, 예술을 미치도록 사랑하는 이, 바쿠스를 숭배하는 이, 아폴로를 숭배하는 이, 유럽인, 아시아인이 모두 섞인, 세계 각지에서 온 과격한 청년들의 파티였다. 사실 이 파티는 아테네가 지상에 등장한 이후로 그친 적이 없었다.

우리는 아크로폴리스 근처의 풀밭에 누워 달빛을 바라보았다. 달빛은 땅 표면과 파괴된 고대 유적지의 유물 위로 떨어지고 있었다. 우리의 비밀스런 밤놀이는 침묵을 동반했다. 우리는 부드러운 아욱 풀 위에 누워 깊은 호흡을 하고 어둠이 넘쳐 나는 원시적인 기쁨에 몸을 떨었다.

아테네의 시인은 내 곁에서 잠들었는데 청바지에 푸른 면 셔츠를 입은 모습이 전설 속의 대리석 동상 같았다. 그녀는 내 팔을 베고 잠들었고 아크로폴리스 유적지의 어둠 속에서 깊은 숨을 쉬었다. 아침이 되자 태양이 우리의 나신에 빛을 쏟아부었다. 우리를 감싸고 있었던 미세하게 떨리던 수증기는 어느덧 사라져 버렸다. 우리는 눈을 비비고 고대 아테네에 펼쳐진 꼬불꼬불한 길들을 바라보았다.

아테네, 잃어버린 여신의 시

우리는 위대한 일요일에 고대의 사물들이 안고 있는 마법의 표면에서 사랑의 기억을 찾곤 했다. 우리는 또 고대 도시의 기억을 찾곤 했는데, 종종 관광객, 연인, 방문객 들과 함께 고대 시인으로부터 잃어버린 흔적을 찾아다녔다. 우리는 많은 사람들 속에서 북적대면서 함께 모이곤 했다. 외국인 관광객들은 대리석으로 된 체스판 조각이나 동판 조각, 도자기 솥 파편, 동전 조각, 옛날 우표, 거대한 고전가구와 같은 것들을 샀다. 관광객들은 값진 것이면 모두 사곤 했지만, 우리는 전해 내려오는 이야기들이나 연서, 그리고 아무도 물어보지 않는 잊혀진 것들을 찾았다.

나는 마릴라의 얼굴을 쳐다보았다. 그녀의 얼굴은 아테네와 닮아 있었다. 두 눈은 긴장감 어린 힘이 느껴졌지만 나태한 아테네 여인의 시선을 하고 있었다. 나는 그날 그녀의 손길을 사랑했다. 그녀의 고요한 친밀함과 비명을 사랑했다. 그녀의 경박함과 스캔들을 사랑했다. 나는 그녀를 최고로 사랑했다. 그녀는 침대 위에서 내게 자신의 시를 읽어주었다. 그녀는 위대한 그리스 시의 유산이자 연시의 호화스런 손길이 남긴 유산이었다. 그녀는 내 육체에서 어둠을 걷어버리고, 격정 어린 음성과 가벼운 키스 그리고 손길로 내 육체를 재조립했다.

마릴라는 침대 위에서 빠른 리듬으로 자신의 시를 읽었다.

그날 우리는 고대 유적지 케라메이코스[107] 근처와 아름다운 무덤, 부유한 아테네 일가의 장례식 근처를 배회했다. 우리는 발라카 거리와 인파로 붐비는 고대 도시에서 서로 끌어안은 채 걸어다녔다. 우리는 그날 역사가 품고 있는 고요하고 매혹적인 장관을 깨달았다. 그 매혹적인 장관이란 도시에 아침을 선사하는 것이다. 우리는 그 어떤 수사법으로도 표현할 수 없는 도시의 장관을 목도했다. 그런 후 우리는 아크로폴리스에서 담장 그늘 아래 앉아 있었다. 우리는 소용돌이치는 형상의 좁은 거리의 포장도로 위에 앉았다. 우리는 발라카 지역을 너무나도 사랑했다. 그것은 우리를 과거 그 지역이 누렸던 명예와 영광으로 데려다 주었다. 뿐만 아니라 악당, 집시, 반역자, 그리고 연인들이 시인이 되어 누렸던 영광으로 안내해 주기도 했다.

우리, 나와 마릴라는 오래된 펜션의 작은 방을 빌리러 갔다. 그곳은 파스텔 톤의 담장과 철제 발코니가 있는 매력적인 곳이었다.

창을 통해 마법과도 같은 경치가 펼쳐졌다. 거대한 흰색 돌더미, 도처에 흩뿌려지듯 널려 있는 작은 교회들, 버스 정류장에 모여드는 사람들, 밤늦도록 문을 여는 작은 주점들, 각지에서 밀려드는 관광객들 - 그들은 상점에서 고대 도시의 추억을 찾고 있었다. 모든 것이 황홀하고 매혹적이었다. 우리는 펜션의 뚱뚱한 여주인에게 작은 방을 하나 빌리고 싶다고 말했다. 그녀는 우리를 보더니 무슨 일을 하느냐고 물었다.

"시인이에요."

"선불로 지불할 수 있어요?"

"이번 달 치는 가능해요."

그녀는 침대 하나가 달린 작은 방이 있다고 말했다. 마릴라는 그녀를 쳐다보고 이렇게 말했다.

"그래요. 시인인 연인에게는 침대 하나면 아주 적당하죠."

우리는 아주 오래된 방에서 잠을 잤다. 소크라테스의 동상이 마치 종교적인 아이콘처럼 우리를 지켜주었다.

대지 위를 떠도는 연인의 갈망

피레아스[108]의 모습을 바라보고 있던 선장은 없었다. 항구에 둘러싸여 있는 산맥의 표면 위에 원을 그리듯 위치한 집들도 없었다. 배를 차단하고 보도나 뱃머리에서 소란을 떠는 자도 없었다. 증기선의 종소리, 보도에 부딪히는 파도, 선원들이 행인들에게 던지는 큰 웃음, 유흥가 여자들의 웃음소리, 경찰이 여권이나 증명서 혹은 입국서류 등을 조사하는 일, 세관 책상에서 벌어지는 부산한 움직임도 없었다. 당신은 대지 위를 떠도는 시인 혹은 아테네 거리를 떠도는 시인의 갈망에서 분리된다.

매일 우리는 피레아스와 아테네 사이를 오갔다. 그 거리는 오모니아 역을 통과해서 20분을 넘지 않는 거리였다. 우리는 목적지를 향해 올라가고 있었다.

가방을 멘 채 걸으면서 나는 사람들이 서둘러 출근하는 모습을 관찰했다. 남자들은 신문을 여자들은 바구니를 들고 전철역이나 버스 정류장에서 줄을 섰다. 청소부들은 아스팔트를 쓸고 있고, 우편배달부들, 은행원들, 관광사의 여비서들, 호텔의 직원들, 보도 위 매점에서 신문 잡지를 파는 여자가 보였고, 유니폼을 입은 식당 종업원들은 식당이나 카페 앞에 의자를 줄 맞춰 놓고 있었다. 유럽 관광객들이 대형 버스에서 내려 고대 유적지의 도시로 향했다. 그들은 보랏빛 새벽에 출발해서, 해적과 난봉꾼들이 바다에서 어부의 보물창고로 가기 위해 만들어 놓은 길이 아닌 길이나 소택지 혹은 터널을 건넌다.

"이것은 신들의 대지를 향한 갈망이지요."

"무슨 말이오?"

"신들이 대지를 향한 갈망. 나는 아침 일찍 출근을 서두르는 사람들을 볼 때마다 신들이 대지를 향해 느끼는 갈망을 느낄 수 있어요."

혹은 대지 위에서 떠도는 시인들의 갈망일지도 모르겠다.

우리는 아테네에서 실제 우리의 꿈을 꾸며 살았다. 시인의 꿈, 현자의 꿈, 철학자의 꿈. 아테네의 꿈은 그런 것들과 멀리 있지 않았다. 꿈은 우리가 반드시 추구해야 하는 방법을 영감으로 알려 주는데, 이는 우리가 그리스 시인들을 좋아해서가 아니다. 그것은 소크라테스가 유혹하는 세상이 매우 깊이가 있기 때문이었다. 우리는 그곳에서의 삶을 쉽게 생각하고 있었다. 그렇게 우리, 나와 마릴라는 꽃이 활짝 핀 봄에 고대 유적지로 안내하는 길들을 걸었다. 우리는 대지 위에 솟아나는 새로운 기쁨의 숨소리를 귀 기울여 듣고, 소피스트들과의 만남을 기다리곤 했다. 아테네에서 그녀는 여러 지역에서 온 친구들을 진심으로 환영하며 두 팔을 벌렸다.

마릴라는 말했다.

"아테네의 연인은 유혹과 사랑의 과정을 진행하면서 엄청난 기쁨을 찾지는 않아요. 그들은 다만 위험하거나 높은 곳에서도 입 맞추고 서로를 느낄 만큼만 자극을 유지하며 사랑하죠."

나는 그 이유를 물었다.

"사랑의 상태는 수면에 미끌어질 때 느끼는 흥분상태와 비슷하거든."

우리는 다양한 분야에 종사하는 많은 사람들, 예를 들면 시인, 소설가, 예술가, 연극인, 언론인, 연인, 탐험가들을 알게 되었다. 우리는 함께 고대 도시로 에워싸인 높은 곳의 정상에서 지냈다. 오랫동안 우리는 올라다니고, 뛰어넘고, 내려오는 일을 하면서 기쁨을 느꼈다. 우리는 다른 도시에는 결코 존재하지 않는 아테네만의 지혜, 역사의 압제 하에 있으면서도 자신을 보호하는 지혜를 느끼며 살았다.

아테네에 도착한 첫날 우리가 세를 얻은 집의 뚱뚱한 주인 여자는 크리스털, 책, 꽃, 고대 철학에 많은 관심을 갖고 있었으며 더 늙기 전에 육체적인 기쁨을 즐겨야 한다고 생각하는 것 같았다. 어느 일요일 그녀는 우리와 함께 좁은 발라카 거리를 걸었다. 그곳에는 고급 부티크, 서점, 꽃집, 작은 식당, 도로변에 접한 테라스들이 펼쳐져 있었다. 그녀는 우리에게 쉰 목소리로 필쿨루리야의 사랑노래를 불러 주었는데, 그 음성은 정말로 매력적이었다. 그 동네의 작은 선술집에서 그녀는 연주자의 그리스 음악 선율에 맞춰 춤을 추기도 했다. 그녀는 소설 『그리스인 조르바』에서 니코스 카잔차키스가 했던 것처럼 건배했다. 저녁에도 그녀는 우리와 함께 달빛이 짙게 깔리고 그 빛이 투명한 너울로 파도치듯 쏟아져 내리는 작은 공원을 걸었다. 그녀는 그리스의 신들이 펼쳐 놓은 마법의 영향을 받은 듯 전설 속의 나뭇잎 길을 걸었다. 그리고 그 길의 중간쯤에서 우리에게 인사를 하고 말라카 광장에서 신문, 잡지, 책 등을 파는 매점의 주인인 남자 친구를 만나러 갔다. 그는 마른 몸매에 생각에 잠긴 듯 혹은 꿈꾸는 듯 그런 눈을 하고 있었다. 그녀는 손을 들어 인사하고 이렇게 말했다.

"아테네를 사랑하는 사람은 결코 늙지 않아."

아테네, 제우스를 위한 신들의 축복

"우리 주변에 있던 것들은 죽는다.
당신은 어디서 밤을 보내느냐?
당신은 아직 걸어보지 못한 좁은 산길,
들어가 보지 못한 집,
열지 않은 창문, 마셔 보지 않은 시냇물,
아직 항해를 하지 않은 배에서
들려오는 속삭임 같은 것을 듣는다.
미지의 나무들은 우리 주변에서 죽고
공기는 황폐한 숲을 넘는다.
미지의 야수들과 침묵하는 작은 새들은 소멸되고
무관심과 더불어 서서히 그 육신은 죽어간다.
우리가 만지지 않았던 손잡이 달린 옷장에 있는
오래 된 옷은 외로움에 죽어간다.
우리가 귀 기울이지 않았던 꿈들은
불꽃이 부족하다.
우리 밖의 것들은 죽음의 사막화를 시작한다."
—그리스의 시인, 조지 티밀리스

우리는 올림픽 경기장에서 신들이 돌에 새겨 놓은 은밀하고 단호한 향기를 맡았다. 전설 속 영웅들의 시대 이래로 우리는 경마, 마차경주, 달리기, 멀리뛰기, 창던지기, 활쏘기, 권투, 각종 체조가 진행되던 먼지 아래서 살았다. 우리는 올림피아 시대와 헤라클레스의 이면에 숨겨진 비밀의 시대를 살았다.

"이것이 올림픽 경기장이에요." 마릴라는 내게 말했다. 나는 그 순간에 제우스를 위한 신들의 축복을 느꼈다. 나는 제우스의 위대한 신전과 황금과 상아로 만든 그의 동상을 알게 되었다. 나는 소나무 숲의 언덕에서 에피다우루스[109]의 연극 공연장을 알게 되었고 우리가 러시아 연극인들과 함께 그 도시의 중심부에 도착할 때까지 걸었던 주도로도 알게 되었다.

이것이 아스클레피오스[110]이다. 그것은 독사의 상징이다. 그 여름의 저녁, 소포클레스, 에우리피데스의 연극이 공연되었다. 전 세계에서 온 배우들이 아테네에서 그리스의 의상을 입고 가면을 쓰고 위대한 비극의 무대 위에 섰다. 우리는 고통의 비명과 증오, 분노, 폭력, 강압을 내뱉는 장소에 있었다. 우리는 역사의 현실적인 소란을 즐겼다. 폴란드 여배우가 무대 계단으로 올라오며 소리쳤을 때 그런 분노의 시간은 다시 한번 되풀이되었다.

"여기 황제들과 귀족들의 죽음이 있다. 여기 아우구스티누스가 공포와 죽음의 와중에 누렸던 삶이 있다".

우리가 지냈던 그 여름에 두 극단이 소포클레스의 연극을 소개하던 에피다우루스 극장을 떠돌고 있었다. 마릴라는 고대 극장에서 안티고네를 직접 보는 것이 소망이라고 내게 말했다. 우리는 우아한

MENTIS XIII PONT MAX OPVS CVM OMNI CVLTV AB

그리스 극장의 의식을 치르고, 아테네인들 사이에서 강제적으로 고취되던 정신적인 몰입과 믿음의 마음으로 그곳에 앉았다. 나는 아주 오래 전부터 그곳에 살았던 그리스 시민처럼 배우들에게 열정적으로 앙코르를 촉구하며 소리 질렀다. 우리의 말과 행동은 이미 연극에 도취되어 열정의 상태였다. 우리는 그렇게 헌신해본 적이 결코 없었다. 우리는 감각과 감정의 힘을 잃어버리지는 않았다. 그 무대는 우리가 잃어버린 것을 되찾아주고 정신이 우리의 감각기관에 충실하도록 만들어주었다.

세르게이, 러시아 출신의 미친 연극배우. 우리는 그를 에피다우루스 거리에서 알게 되었는데, 그는 여윈 얼굴과 스트레스를 잔뜩 받은 두 눈에 푸른빛 눈동자를 지닌 나보코프를 닮았다. 세르게이의 우울한 두 눈에는 불편한 긴장감이 잔뜩 차 있었다. 그는 정말로 신경질적이었지만 소포클레스 연극계에서 중요한 역할을 하는 배우였다. 우리는 그의 외모가 무덤에나 어울릴 법하다고 생각했다. 비밀이 가득한 눈, 낯설고 불분명한 빛이 번뜩이는 얼굴, 깊은 동굴의 바닥에서 솟아나오는 듯 떠는 손을 보고 우리는 즉시 그의 마법에 빠졌다. 러시아 연극배우들은 고전 비극에 광적으로 집착하고 있던 그를 내쫓았다. 그는 유령처럼 마른 모습으로 술에 취해 카페에 죽치고 있었고, 고대 코룬시 극장의 바위 사이에서 살았다. 그는 고립되고 피폐한 생활을 했기 때문에 누구도 그와 함께 식사를 하려 하거나 말을 걸지 않았다. 그는 오래된 그림에 있는 호라스의 형제들[111]이 입었던 것처럼 다 찢어진 옷을 걸친 채 진정으로 그리스 연극 무대의 삶을 살았다. 그는 당신에게 연극의 제목을 말하고 그 연극에서 있었던 상징적인 동작이나 표현, 완벽한 대사로 응답하는 일을 스스럼없이 하는 그런 사람이었다.

세르게이는 큰 소리로 소포클레스의 대사를 외우며 여러 차례의 방문에 응답해 주었다. 그는 그리스의 비극과 고통의 장면과 아테네 고위층의 유혈적인 공포에 대해 이야기했다. 그에게 있어 연극 무대는 고통의 결정적인 요소였다. 그것은 경련으로 가득한 흥분과 동요를 통해 우리를 '카타르시스' 단계로 안내한다. 그래서인지 그는 에우리피데스를 싫어했다. 그는 항상 상상 속에 존재하는 세상과 씨름하며 살곤 했다. 광란 상태의 인간들과 쇠약한 자들만이 그런 삶에서 행복을 누렸다. 광란자는 인생을 깨닫기 위해 연극무대에 대한 희망을 품는다. 그것은 마법과 전설 그리고 미신과 과거의 삶에 충만했던 열정을 믿는 것이다. 특히 과거의 삶은 그가 느꼈던 두려움, 고립 그리고 외로움으로 점철된 것이다. 세르게이는 그리스에 있는 천사백 개의 섬들을 모두 방문하고 싶어 했다. 과거의 비밀을 품고 있는 크레타 섬에도 가보고 싶어 했다. 그는 또 황소와 더불어 남편을 배신했고 미노타우로스를 낳은 미노스의 아내가 살던 크노소스 궁전을 가보고 싶어 했다. 그녀의 남편은 그런 치부를 감추기 위해 미궁을 건설했고 미노타우로스를 그곳에 감금했다. 세르게이는 미노타우로스를 살해하겠다고 맹세한 테세우스가 임무를 완수하고 하얀 돛을 단 채 크레타 섬의 바다로 돌아올 것이라고 굳게 믿고 있었다. 테세우스가 미노스의 딸인 아리아드네를 찾을 것이라고 굳게 믿었다. 그녀는 테세우스가 미궁에서 빠져 나올 수 있게 실타래를 길잡이로 남겨 두었다. 테세우스는 야수들의 소굴로 들어가 미노타우로스를 죽였지만 미노스 왕은 분노하여 테세우스와 아리아드네를 추방하게 된다. 이렇게 비극은 그 두 사람에게 연달아 일어났다. 러시아 연극배우 미치광이 세르게이는 테세우스가 반드시 돌아와 에게 해에 빠진다고 굳게 믿고 있었다.

이타카, 마법적인 카바피의 세상

"이타카를 향해 낙타의 안장을 꽉 조일 때마다
당신은 그 길에서 많은 지식을 얻게 되는 모험을
아주 오랫동안 하게 될 거라고 각오한다.
재앙, 악마, 성난 바다의 신을 두려워 마라.
당신이 고매한 생각을 하고 당신의 감정이 순수하며
그런 감정이 정신과 육체를 다스리는 한
여정에서 그런 재앙을 만날 일은 없을 것이다."
—콘스탄티노스 P. 카바피

나는 자신에게 말했다. 이제 자야 할 시간이다. 시인… 왕… 무희… 술 취한 사람… 연인. 그 순간 나는 산토리니, 파괴된 아틀란티스, 미지의 세계로 가는 여행, 카바피의 시에 나오는 이타카로 가는 여행, 많은 지식을 얻게 될 모험, 올림픽의 악마를 두려워하지 말라는 조건, 성난 바다의 신을 두려워하지 말라는 조건, 이 모든 것에 대해 스스로 질문을 던졌다. 아테네로 여행하는 것은 헬레니즘 문명을 정말로 사랑하는 여성 시인 피레아스의 이야기를 듣는 것이다. 그녀는 눈을 크게 뜨고 켄트 담배의 연기를 당신의 얼굴에 내뿜으며 말한다. 그런 다음 어깨에 카키색 가방을 걸치고 여행을 떠난다.

얀니스 리트소스는 1970년대에 미코노스 섬으로 여행했다. 그곳은 아름다운 해변, 고급 옷가게 그리고 밤의 유흥가로 유명했다. 그는 작은 교회와 수백 개의 아름다운 맷돌이 있는 그 섬으로 여행을 가서 시의 본질을 깨달았다.

나 역시 그의 여정을 따랐다. 나도 아테네로 여행을 갔고 그곳에서 싸구려 방 한 칸을 빌려 비밀리에 지냈다. 아테네에서 지내는 동안 나는 많은 모험을 했고 알게 된 것도 많았다. 그곳에서 알게 된 것은 어둡고 흐릿한 와인 바, 거리의 어둠을 잘라낸 빛이 노크하는 둥글게 파진 창문, 좁고 지저분한 골목, 즐기고 있는 남자들과 노래하는 여자들의 소리, 욕망을 담은 보잘 것 없는 침대, 불타는 입술 등이다. 나는 올림픽경기장의 나무의자나 풀밭 위에 누워 잠깐씩 잠을 자고 싸구려 샌드위치를 먹으면서 시를 알게 되었다. 긴 하루의 여정을 마치고 난 후 피곤한 가운데 여자들과 꿈 그리고 예술을 통해서 시를 알게 되었다.

두 눈을 감고 멀리 소용돌이 속에 내 느낌을 확장시킨다. 나를 둘러싸는 것은 몇 구절, 떠오르고 빠져 나가는 색, 중얼거림, 고함소리, 나무에 부딪히는 가방 소리, 냄새, 향기, 단단한 땅 위의 먼지, 과일 쓰레기, 근처 매점에서 햄버거를 굽는 냄새 등이다.

의식 없이 서로 닮은 시간들

동이 트려는 시도

표면의 배경에…대장장이의 색이 있다

…

오늘 아테네에는 아침부터 비가 내린다

얼음 비는 높이 노란색으로 물들인다.

—마놀리스 아나그노스타키스

아테네는 천 척의 배를 출항시키는 여성의 얼굴이다. 올림피아 신들의 비밀, 아틀란티스 바다 밑에서 잃어버린 섬의 비밀을 내보낸다. 하늘에선 비가 내리고 우리는 바다 근처에 있는 작은 카페로 가기 위해 버스를 기다리고 있었다. 처음에는 우산으로 비를 피하고 있다가 우리, 나와 마릴라는 커다란 나무까지 달렸다. 그 나무 아래 앉아 아주 긴 입맞춤을 했다. 우리는 그렇게 헛된 인생의 아름다운 날을 준비했다. 우리는 가난했고 보헤미안처럼 떠돌았고 돈은 없지만 모든 것에 냉소의 칼날을 들이댔다. 우리가 갖지 못한 문명, 운동경기, 그리스의 신, 전설 속의 영웅, 그리스의 왕, 시인, 정치인, 요리사들까지도 우리의 냉소 대상이었다. 하지만 우린 정말로 아테네를 사랑했다.

우리가 사랑했던 아테네는 역사가, 관광객, 정치인, 부자, 초대받은 손님 같은 이들이 사랑했던 아테네가 아니었다. 우리가 사랑했던 아테네는 이곳에서 저곳으로 걸어다닐 때 느낀 것이지만 바로

'밤의 아테네'였다. 우리가 버스에서 낮에 본 아테네는 사랑의 아테네였다. 우리는 아테네의 좁은 거리에서 잠들었고 고대 성서에서 그랬던 것처럼 사랑의 의무를 실행에 옮기며 살았다. 빛나는 입맞춤은 우리가 실행한 희생제의였고, 신들의 동상 근처에 있는 의자는 우리의 성소였다. 아테네는 아름다운 낮이었다. 우리가 그곳 여성들을 살펴보니, 그들은 고대의 공주처럼 눈부시게 아름다운 모습을 하고 있었다. 우리가 아테네의 노예와 처첩들에게 장미를 꽂아주는 한 그곳은 낮이다. 우리는 육각형의 배들이 알렉산드리아로부터 올 때 피레아스에서 바구니를 텅 비우듯 우리 육체를 텅 비우려고 옷을 벗었다. 나와 마릴라는 우리의 방으로 돌아가 창문을 열었다. 그러자 달빛이 그녀의 하얀 나신을 아름답게 비추었다. 그녀는 내가 쓰는 작은 침대에 누워 있다.

성스러운 고요함, 원형경기장의 관중들, 올림픽 광장으로의 여행, 이 모든 것이 아테네를 만들었다. 경쟁자들의 마차 질주가 만들었던 아테네에는 동굴을 왕관 삼아 쓴 영웅들과 돌로 만든 연극 무대도 있다. 아테네는 헤라클레스와 올림픽 경기장에 입장이 금지된 여성들이 가지고 온 올리브 나뭇가지이다.

나는 하얀 동상들 앞에서 그림자 뒤에 감춰진 어떤 것을 느꼈다. 오래된 죽음의 향기와 고독한 기쁨도 느꼈다. 우리가 죽음을 만끽했던 그 땅은 침묵으로 숨을 쉬고 있었다. 내면 깊은 곳에서부터 이렇게 위대한 전설 속의 감각을 한껏 고취시킨 그녀는 의심할 바 없이 끔찍한 영원 느끼고 있었다.

우리는 하얀 올림픽 동상들 근처에서 아나그노스타키스의 각운이 있는 장시를 읽고 있었다. 그 시는 우리를 심오한 곳으로 데려다주고 전혀 꾸미지 않은 아름다움을 느끼게 했다.

거기서 우리는 옛 노래를 들었다. 세페리스의 노래였다.

"나는 내리는 비를 맞으며 나무 사이를 떠돈다
침묵의 계단을 내려가고
나는 너도밤나무 잎을 가져왔었다
부당함이 되어버린 그들의 정상에 불은 없구나."

시, 도시, 오랜 포옹

"여행자들은 굳어진 시간의 이면에서
한 곳이 싫으면 다른 곳으로,
침묵에서 다른 곳으로, 외로움에서 더욱 외롭고
야만적인 곳으로 움직인다.
여기 좌절이 정착된 곳,
나는 당신을 찾기 위해 돌아와 빼앗긴 달에게
깊게 날 서린 매질을 한다."
—미나스 디마키스

우리, 나와 마릴라는 아테네의 밤거리에서 오랫동안 어깨를 감싼 채 걸었다. 우리는 부족한 어휘들을 찾아 헤맸고, 상점에서 사랑의 입맞춤을 하는 이들을 찾았으며, 그런 사건들과 조화를 이루는 지극히 단순한 것을 찾아보았다. 그리고 오늘날까지도 신선하게 느껴지는 불쾌한 사상과 아테네를 휩쓸고 간 대재앙을 찾아다녔다.

"아테네에서 시인은 최고의 가치를 지니고 있다. 물보다 더 가치 있지만 올림피아의 동상들보다는 흔하지 않지." 버스에서 만난 노인이 그렇게 말했다. 그는 잡지를 읽는 중이었는데 마릴라가 육감적인 입술로 아나그노스타키스의 시편을 흥얼거리는 것을 유심히 듣고 있었다. 사실 그녀는 일부러 닳게 만든 청바지를 입고 자신에게 유일한 시인 그 시를 침묵의 무기로 노래하듯 읊조리고 있었다.

"시인은 거리에서 시를 읽지 않아. 시인이라면 사원 같은 성스러운 장소에서 시를 읽지."

"하지만 침대에서도 시를 읽지요." 마릴라는 내 팔을 낀 채 소리 내어 웃으며 그렇게 말했다.

단단한 바위에서 삐죽이 올라온 꽃이 우리를 쳐다보고 있었다. 뿌리를 베어 낸 자국이 있는 초록 바다는 우리로 하여금 다시 한번 느리게 내리는 빗속에서 불꽃같은 사랑을 기억하게 했다. 바위에 핀 꽃은 여러 형태를 하고 있었는데 마릴라의 시처럼 떨고 있었다.

"아무도 말하지 않는다.

당신은 소나무와 협죽도 그리고 신선한 나무들 사이에 침묵이 흐른 후

그들의 어제에 나를 남겨 두었다."

나는 마릴라와 함께 아테네에 있는 아야 니콜라스[112]로 갔다. 그곳에 한때 시인 리트소스가 살았다. 사진을 보니 그는 키가 크고 여윈 팔에 뒤로 넘긴 머리와 회색 수염을 하고 있었다. 우리는 그의 방에 들어섰다. 방에는 기다란 탁자와 향토적인 재떨이가 있었다. 우리는 그가 그린 유화와 사진을 보았다. 그가 가지런히 정돈한 화분도 보았고 직접 쓴 시도 읽었다. 그곳에 있는 다양한 종류의 많은 책

들을 뒤적였는데, 그러다 보니 이미 사망한 그가 우리와 함께 그곳에 있는 것 같은 느낌을 받았다. 그는 그리스의 커피를 마시고 향기 있는 케이크를 먹고, 형편없는 카페나 노동자와 빈민 그리고 뱃사람들이 죽치던 식당을 찾을 요량으로 오래되고 좁은 골목을 누볐을 것이다. 나는 그런 장소를 알게 되었다. 그리고 아테네의 밤도 알게 되었다. 그곳에는 안개 속에서 빛을 발하는 기름등이 걸려 있었다. 우리, 나와 마릴라는 신선한 정어리를 샀다. 마치 리트소스의 시에서 시골 수도승이 그랬던 것처럼. 그런 다음 우리는 차례로 문을 여는 약국들, 열려 있는 충전소, 바람에 흔들리는 전선줄이 있는 대로에서 약속했다. 나는 수레 위에 커다란 검정색 우산을 펼쳐 놓고 과일을 파는 청년을 보았다. 황금빛 오렌지와 검정색 우산이 이루어 내는 대비를 보았다. 그 장면을 아름답고 이상하고 신비하게 만들어 놓는 빗소리도 들었다. 이것이 아테네로 간 여행이다. 그것은 리트소스가 꿈꿨던 것처럼 한 편의 시였다.

아테네에서 온 예술가

"이 저녁 안개가 우리를 베일로 가리고 있다
파누스호는 사라진 채
그녀는 예상과 다른 형태로 등장했다
내게 등불을 밝히기 위해 운전석에서
젖은 채 흰색 옷을 입고
내가 그곳에서 그럴 수 있었던 것처럼
당신은 머리를 땋고 있었다.
내가 '페가소' 항구에 들어갈 때
그 항구에는 여름 내내 비가 내린다."
—니코스 카파디아스

일요일 저녁 마릴라는 내게 아테네에 살고 있는 아르메니아 출신 예술가를 소개해 주었다. 그의 이름은 데리크 아우슈칸이었다. 그는 사람들에게 이상하고 예측할 수 없는 성격의 소유자로 알려져 있었다. 어떤 장소에서든 상관없이 그는 아무데나 그림을 그리곤 했다. 식당의 탁자, 접시, 재떨이, 보도, 지저분한 종이, 공책이나 수첩, 담벼락, 오래된 잡지, 사랑하는 연인의 몸. 그는 딱딱 각이 지는 서체로 선을 그었으며 인간과 새의 형태를 그렸다. 그는 먹으면서도 그림을 그리고 잠자거나 얘기하면서도 그렸다. 버스나 카페, 땅에도 그림을 그렸다. 그는 갖가지 다양한 상황에서 그림을 그렸다. 그는 특히 탁자 위에 그림 그리는 걸 즐겼는데, 주방 탁자, 공원의 탁자, 물과 소금기를 머금고 있는 생선 씻는 탁자 위에도 그림을 그렸다. 탁자 위에 신문을 덮은 채 그렸는데 그는 그런 방식을 아주 좋아했다. 그렇게 하면 그 위에 그림을 그리고, 그 다음에는 어휘나 선, 새로운 표시들을 찾아보고, 마지막으로 종이로도 쓸 수 있기 때문이었다.

데리크 아우슈칸의 작은 스튜디오에서 우리는 간단한 샌드위치와 포도주를 먹었다. 그의 여자 친구가 기타 연주를 하며 샤를 아즈나부르의 노래를 부르기 시작했다. 샤를 아즈나부르 역시 아르메니아 출신의 프랑스 가수였다. 데리크 아우슈칸의 여자 친구는 이따금 〈내 인생(sur ma vie)〉과 〈너는 알아야만 해(il faut savoir)〉를 불러주었다. 오늘날에도 유명한 노래였다. 우리, 나와 마릴라, 터키 여성 예술가는 그의 작은 그림들을 바라보았는데, 그것들은 바닥부터 벽, 선반까지 모두 차지하고 있었다. 스튜디오에는 책과 사전, 앨범, 오래된 잡지꾸러미 따위가 가득했다. 스튜디오 전체가 지저분했다. 그의 그림, 두터운 책상, 만화를 그리는 작업대, 수작업중인 원고, 스케치 꾸러미, 다양한 재떨이용 접시, 그리고 산더미처럼 쌓인 낡아빠진 공책들 속의 사진들, 담배 파이프들, 담뱃 갑, '갈와즈' 담배가 있었다. 테두리가 나무로 된 액자도 여러 개 있었다.

나는 그를 떠올릴 때면 항상 아테네가 생각난다. 그는 그곳과 완벽하게 연결되어 있다. 그가 그림을 그린 소파와 우리가 모방하는 도시화의 언어, 그가 보유하고 있는 책들이 함께 떠올랐다. 그는 책을 열어 보고 표지에 그 책과 적당하게 어울리는 그림을 그린다. 그리고 또 그린다. 담배를 피우면서도, 심지어는 자신의 속옷에도 그림을 그린다.

한번은 그가 담뱃불을 붙이고 성냥을 재떨이에 던지더니 기침을 하며 내게 말했다.

"친구, 자네는 결코 아테네를 잊지 못할 거야. 자네는 아테네와 사랑에 빠졌거든. 아테네는 항상 비극적인 무언가를 남겨 두지. 이게 바로 그 위대한 연극배우들이 예언한 것이라고."

잠시 침묵하더니 계속 말을 이었다.

"아테네는 독한 담배 같지. 연기가 추위처럼 몸 안으로 퍼져. 아테네를 사랑하는 질병에서 완쾌하는 사람은 아주 드물어."

에필로그

여행에서 돌아온 후, 당신에게 최초로 돌아온 후, 당신은 이성보다는 감성이 더 활짝 피었음을 알게 된다. 당신은 자신이 몇 겹으로 두터워 진 것을 느끼게 된다. 지식 때문이 아니다. 어쩌면 과거보다 더 잘 알게 된 것은 없을지도 모른다. 하지만 당신은 분명 변했다는 사실을 느끼게 된다. 진짜 여행은 자신이 변했음을 느끼게 하는 것이다. 당신은 혈관에 흐르는 다른 이의 피를 느끼고 당신이 사랑하는 방법을 느낀다. 당신 자신이 인생에서 들어가 있거나 있어야 할 자리에 있는 걸 발견하게 된다. 어쩌면 당신은 무례하고 우격다짐 식의 대화를 숨길지도 모른다. 그 대화는 생동감이 넘치고 아름답게 장식된 인생의 범주와 부합되고 여성, 상점, 공원, 사원, 거리, 호텔, 강과도 부합되는 것이기 때문이다.

이렇게 해서 당신은 여행을 할 때마다 귀환은 도착이 아니라는 것을 배우게 된다. 좌절과 쓰디쓴 고통을 맛보는 것은 예술작품을 보고 느끼는 기쁨과 일치하지 않는다는 것도 깨닫는다. 우리에게 새로운 언어와 새로운 문체를 허락하는 무한의 공간을 느끼는 것은, 작가와 인생에 연관된 하나의 텍스트를 생산하는 것이라는 점도 배우게 된다. 여기서 그 텍스트는 인생과 예술의 관계에 관한 것이다. 어쩌면 이런 관계는 처음에는 수용되고 축복받게 될 것이다. 이렇게 우리는 여행의 텍스트에서 예술의 이해를 한정 짓는 쪽으로 접근한다. 아니면 최소한 예술의 원천을 제한하는 쪽으로 접근한다. 그러므로 감동은 놀라움과, 비밀은 벗겨내는 일과 관계있는 것이다. 예술이 오롯이 세상의 외견을 모방하는 것이 되었을 때는 더욱 그렇다. 세상은 현실적이고 따라서 감동과는 별개의 것이다.

중요한 것은 무엇인가? 그것은 생각에게 뚜렷한 상처를 주고 상반된 견해를 제시하는 내용이다. 우리가 비밀을 벗겨내기 시작한 미지의 세계는 공간에 대해 산적된 여러 견해를 일소해 버리는 일에 중요하지 않기 때문이다. 따라서 미지의 세계는 믿는 이들에게 종교적인 미지의 것을 가져다주는 아이콘이 아니고 오히려 그들의 무지의 세계를 보여주는 아이콘과 흡사한 것이다. 즉, 그 아이콘은 결정적인 순간에 모든 견해를 드러낸다. 이렇게 여행은 공간이 언급하지 않았던 것에 대해 신뢰할 만한 형태로 표현하기 위해 언어의 모호함 속에서 출발한다. 이런 표현은 시를 쓰고 공간을 발견하는 한 시와 일치되는 능력이 있다. 우리 앞에서 흔들리는 아름다운 커튼 위에 태양은 우리가 한번도 가보지 않았던 먼 지방의 언덕 너머 색색의 그림을 그린다. 우리를 방해하는 나뭇가지 앞에서, 연인 사이를 갈라놓은 장벽 뒤에서 남자에게 고함치는 여자의 소리를 듣는다. 언덕, 거리, 호텔, 상점들의 뒤에서도. 이것은 이상한 소리이고 익숙하지 않고 이상한 언어와 이상한 음성으로 당신에 대해 언급한다. 어쩌면 당신은 원래 그 언어를 알지 못했는지도 모른다. 그것은 당신에게 도달하고 당신의 기억을 관통해 상처처럼 새겨진다.

당신은 그런 순간 그 공간에서 고동 치고 있는 인생의 격렬함을 듣는다. 공간은 존재하지 않을 것이다. 인생의 아름다움이 무엇이건 간에 후원자도 없고 거리도 없고 언덕이나 아이콘도 없다. 인생은 가치를 허용하는 영속적인 격렬함 없이 절대적인 아름다움 속에 살아있다. 그것은 오늘을 살고 있는 사람들에게만 없는 것이 아니라 이 광경에 존재했던 사람들 그리고 그 이전에 살았던 사람들에게도 없는 것이다. 이란의 시라즈 시 페르세폴리스에서 보았던 부조 그림 앞에서 정확히 그런 상황이 내게 발생했다. 나는 놀라서 그 자리에 멈춰섰다. 인류를 의미하는 그것을 형상화했던 대단한 방법 때문이 아니라, 그 탁월한 그림이 리비아인, 이디오피아인, 아랍인, 로마인 그리고 그밖의 여러 인종을 형상화했다는 사실 때문이었다. 나는 그 순간 마치 내 자신이 역사의 결정적인 공간에 있는 것 같은 감정을 느꼈다.

공간은 보드리야르가 명명했던 것처럼 허공의 급진주의나 전무(全無)에서가 아닌 사람들의 얼굴에서부터 시작된다. 거기 진짜 허공이 있는가? '비어 있음'이 있는가? 그럼 여행은 무엇에 쓸모가 있는가? 진실에 유용한가? 현실에 유용한가? 아니면 여행 그 자체로 유용한 것인가? 여행의 원천은 무엇인가? 그 목적은 무엇인가? 그 과정은?

어쩌면 여행은 빈 상태로 끝나거나 기껏해야 하나의 텍스트로 남을지도 모를 일이다. 하지만 빈 상태는 그 자체가 텍스트이다. 문자로 쓰인 모든 텍스트보다 더 화려한 수사법의 텍스트일 수도 있다. 공간은 절대적으로 언어보다 값지고 더 풍요롭지만, 나는 언어가 공간보다 더 위대하고 근원적으로 언어로 인해 공간이 창조된다고 확신한다. 그러나 절대적 비어 있음은 우리가 공간을 향해 출발할 때 그리고 공간을 한정 지을 때 발생한다. 그렇게 함으로써 공간은 텍스트보다 위대한 것이 된다. 따라서 우리가 쓰는 텍스트는 공간을 대체하는 것이 아니다. 마치 여행의 텍스트가 여행을 대체하는 것이 불가능한 것과 같다. 하지만 텍스트는 사라지기 위해 존재한다. 그러므로 공간은 사라지거나 혹은 좀 더 정확하게 말하자면 텍스트의 공간에 남아있다. 우리가 이 공간에서 취한 것은 공간에 대한 텍스트이다. 그것은 텍스트에 공간이 있는 것이고 다른 공간에 보이지 않는 공간이 존재하게 됨으로써 완성되는 것이다.

이것이 바로 여행의 텍스트이다. 오래 전부터 어느 장소에 산적되어 있는 의견을 지워버리는 것, 그래서 여행은 새로운 시각과 인생의 영속적인 격렬함 그리고 새로운 언어를 사용해서 발견하는 것이다. 그러므로 하나의 여행은 다른 여행과 비슷할 수가 없다. 마찬가지로 하나의 텍스트는 다른 텍스트와 비슷할 수 없다.

여행의 텍스트는 금기시하는 출발 장소에 대한 시각을 묶어버릴지도 모른다. 공간은 오랜 시간 동안 영속적으로 존재하기 위해 그리고 우리가 그 공간과 맺고 있는 관계를 더욱 친밀하고 공고히 하기 위해 이런 자유를 감내한다. 이런 표현을 빌리자면 여행은 노래가 된다. 또한 예언적인 속성을 지니게 된다. 여행은 우리가 공간을 텍스트의 내부에 사로잡고, 빈 상태를 글쓰기의 내부로 사로잡으며, 시를 통해 세상을 압도하는 본능적 속성이다. 그러므로 여행의 텍스트를 통해 우리는 세상에 도달하기 위한 '한밤의 지도'에 근접한다. 어쩌면 우리는 저절로 오르페우스가 자신의 시에서 알게 된 마법에 도달할지도 모른다.

부록

티그리스 강

내셔널리즘의 강과 장소: 자살 국가

바그다드는 강, 사실상 두 강의 창조물이다. 누군가는 그것을 메소포타미아라고 부를지도 모른다. 예를 들면, 적어도 역사에 의하면, 헤로도토스가 그렇게 불렀다. 그러나 바그다드의 두 번째 강인—나는 그것을 '두 번째'라고 부른다—유프라테스는, 내 기억 속에서건 바그다드에서 보낸 내 유년기에서건, 나에게 어떤 의미도 지니지 못한다. 내 귀를 시끄럽게, 또 강하게 울리는 그 이름에 관해 말하자면, 그것은 첫 번째 햇살이 비치자마자 강의 표면에서 사라져 버리는 아침 안개와 같은 것이다. 반짝거리며 조금씩 녹아버릴 때까지, 그것은 부드럽게 빛을 내며 소멸한다. 사실상 그것은 내 의식과 기억으로부터 천천히 사라진다.

이것은 내게 전혀 이상한 일이 아니다. 마찬가지로 티그리스 강은 내 지인들 다수에게 전혀 아무런 의미도 지니지 못한다. 그 일부에게는 유프라테스나 나일 강이 중요하고, 또 이를테면, 클라우디오 마그리스[1]와 같은 작가의 심장에 다뉴브가 차지하고 있는 자리가 중요하다는 것과 비교하면 그렇다는 얘기다. 마그리스의 다뉴브는 내게 크나큰 충격을 준 바 있다. 여기서 내가 말하는 '크나큰 충격'이란, '다뉴브'란 단어가 나타날 때마다 내가 그것을 '티그리스'로 대체한다는 의미에서다. 그리고 나는 그 작가가 다뉴브 강이 아니라 티그리스 강에 대해서 더 영향력을 행사하는 역사가인 것처럼 그와 함께 여행하곤 하는 것이다. 1939년에 로마에서 태어난 이 이탈리아인 작가가 이라크 문학이 아니라 독일 문학 쪽의 저명한 교수였다든가, 바그다드 혹은 이라크 어딘가의 신문이 아니라 〈쿠리에 이브닝(Corriere della Sera)〉 신문의 잘 알려진 기고가였다든가 하는 사실에 대해서 나는 크게 신경 쓰지 않는다. 반면에 내가 흥미를 갖고 또 중요하다고 생각한 것은 1986년에 이탈리아에서 최초로 출간된 그의 유명한 책에 대해서 영문 번역자가 책의 내용을 요약하여 다음과 같이 설명조의 문장을 덧붙였다는 사실이다: "근원에서 흑해에 이르는 센티멘털한 여행."

1 1939년 생. 이탈리아의 소설가이자 독일학자. 『축제』,『다뉴브 강』을 비롯한 작품들이 여러 언어로 번역 출간되었으며 프랑스의 최우수 외국문학상, 스트레가 상, 라이프치히 도서상, 네덜란드의 에라스무스 상 등을 받았다. 특히 1986년 작 『다뉴브 강』은 저자가 다뉴브 강을 따라 4년간 여행을 하며 민족, 관습, 문학, 역사, 언어 등의 문제를 고찰한 작품으로 흔히 소설과 여행에세이의 경계에 서 있는 작품으로 평가받는다.

내 의견이지만, 이 책은 강의 흐름에 대해 쓴 작품들 중에서 가장 위대한 작품이다. 그것은 단지 유럽과 아시아를 연결하는 수로에 관한 이야기인 것만은 아니다. 그것은 한마디로 유럽의 역사와 다문화주의에 관한 이야기를 들려주는, 아주 촘촘하고 다채로운 색깔로 짠 직물을 만들어낸 여행이다. 마그리스에 의하면, 다뉴브란 멀리 독일, 헝가리, 슬라브, 유대 지역을 풍요롭게 해주는 상징이다. 이를테면 작가는 그 강을 바바리아의 언덕 기슭에서 흑해에 이르기까지 추적하거나, 마을, 항구, 비엔나커피점, 역사 유적과 묘지를 따라 강의 흐름을 추적한다. 책의 전편에 걸쳐, 그는 게르만식의 그리스 애호와 로마 문명 사이의 격렬한 긴장에 대해서 끊임없이 명상한다.

오늘날 나는 티그리스 강의 노정을 보고 있노라면, 마그리스가 다뉴브의 강둑에서 모든 파시즘 이데올로기의 원초적 형태를 산출한 지적이고 철학적인 근원을 정확히 추적할 때 상기했던 바의 바로 그것을 즉각적으로 떠올리게 된다.

그런데 나는 왜 이것을 기억하는가? 아마도 1930년대와 1940년대에 티그리스의 강둑이 1941년 '4인의 대령'[2]이 주도한 나치즘을 경과하여 내셔널리즘 사상의 전반적 국면에까지 이르게 된 이라크 민족사상의 근원적 발전을 목격했기 때문일 것이다. 사실, 그것은 피히테의 『독일 국민에게 고함』과 아랍 세계에서 솟아난 열

2 Golden Square. 1930년대와 1940년대 초반에 이라크 정치에 영향을 끼친 네 명의 이라크 장교들의 모임.

광적 쇼비니즘으로 가득 차 있는 사상이었다.

이것이 내가 내 기억에서 메아리치는 이름들과 더불어 마그리스를 이라크 역사에 비추어 읽었던 방식이다. 압두 알 카림 까심[3]은 그 강에 집중된 초국가주의의 화신이었다. 나는 여기서 합스부르크가의 수수께끼를 논했던 마그리스가 품었던 멋진 이념 중 하나를 상기한다. 나는 또한 그 강을 배경으로 찍은 압두 알 카림 까심의 사진도 기억한다. 그의 눈은 행복하게 반짝거렸고, 그의 붉은 입술은 피곤한데도 불구하고 굳게 달라붙어 있었는데 무심히 미소를 짓는 바람에 앞으로 튀어나왔다.

다뉴브 강을 따라 나치즘의 발흥을 명백하게 강조한 마그리스와 마찬가지로, 나는 선동적인 내셔널리즘 사상의 발흥을 바그다드의 티그리스 강둑을 따라 관찰한다. 그 강은 국민국가의 출현에 있어서 상수(常數)와 같은 현실인데, 이는 티그리스 강이 접속들을 제공함으로써 국가를 꾸려낼 뿐만 아니라 이념과 신화를 통해서 국가를 하나로 단결시키기 때문이다. 마찬가지로, 대문자 자아에 대한 탐색은 이라크 국가가 그 강을 따라 목격한 자아 파괴로 이어졌다. 이 자아 파괴의 행위는 대문자 자아에 대한 끊임없는 탐색 과정에서 나타났던 독일 국가의 자살과도 동일하다. 그렇게 나는 티그리스

3 1914~1963. 이라크의 정치가이자 군인으로 1958년 쿠데타를 일으켜 왕정을 무너뜨리고 공화정을 수립, 스스로 총리겸 국방상에 올랐다. 이후 계엄령을 선포하는 등 독재정치를 펼치다가 1963년 보수적인 성향의 군인들이 일으킨 쿠데타로 암살당했다.

강을 따라 일련의 훌륭한 장면들, 즉 문화와 역사 양자가 혼합된 이미지들을 탐사한다. 카프카가 묘사한 강의 광경, 그리고 케플러, 하이든(음악을 통해서), 하이데거, 엘리아스 카네티, 바스코 포파가 묘사한 다뉴브 강의 광경들을 마그리스가 탐사했던 것처럼 말이다. 나는 다른 문학을 통해 그 강의 이미지를 탐색한다. 그 중 바드르 샤키르 앗 사이얍[4]은 티그리스 강을 집단적인 혁명으로 묘사함으로써 그 강의 이념을 표현한 최초의 작가이다. 무함마드 마흐디 알 자와히리[5]는 무장한 불복종에 유사한 선언을 티그리스 강에 부여했다. 사디 유수프[6]는 티그리스에 납으로 된 신발을 신겼다. 그리고 대단한 작가 푸아드 앗 타카를리[7]는 자신의 소설들에 나오는 모든 사건들을 티그리스 강으로부터 몇 미터 안쪽에서 전개시키는, 전혀 다른 측면을 파고들어갔다.

그런데 내가 이 책을 읽고 그 생생하게 맥박이 뛰는 듯한 문장에 잠겨들 때, 마치 다뉴브와 티그리스 이 두 강이 팽창해서 하나로 되는 것처럼 느끼는 것은 어째서인가. 나는 할아버지의 집이 그 강

4 1926~1964. 이라크의 시인. 자유시운동의 선구자로서 초기에는 공산주의자였으나 차차 아랍민족주의자로 선회했다. 추방과 감금 등 정치적 역경을 겪은 끝에 쿠웨이트에서 요절했다. 대표적으로 『비의 송가』, 『눈먼 매춘부』, 『죽음의 강』 등이 있다.

5 1899~1997. 이라크의 시인. 아랍세계의 신고전주의 시인그룹에서 가장 적극적인 참여시인이었다. 특히 1948년 반영 민중봉기 기간에는 그의 시가 바그다드 민중의 찬송가가 될 정도였다고 한다.

6 이라크의 시인이자 저널리스트. 1934년 바스라 출생. 바드르 샤키르 앗 사이얍, 압둘 와합 알 바야티 등과 함께 자유시운동에 참여했다. 1979년 사담 후세인이 정권을 잡자 영구히 망명을 떠났다.

7 1927~2008. 이라크의 소설가. 바그다드 출생. 35년 간 이라크 법무장관을 역임했고, 판사로도 근무했다. 가장 대표적인 작품으로 이라크 왕정의 붕괴 이후 사담 후세인을 비롯한 몇 개의 전제정부 치하에서 고통을 받는 바그다드 가정의 이야기를 다룬 장편소설 『머나먼 귀향』이 있다.

변에 있던 탓에 티그리스를 통해 나의 소년 시절 전체를 기억한다.

그 커다란 집의 창문을 통해 나는 그 강의 고요하고 반짝거리는 표면을 오랫동안 응시했다. 그 표면은 아침의 눈부신 빛 속에서 반짝거리는 흰색이었고, 또 반투명한 불꽃처럼 저 멀리 흩어졌다. 나는 그것이 부드럽게 졸졸거리며 모래 속으로 사라지는 소리를 들었다.

강 가까이에 사는 이들은 누구라도 이 졸졸거리는 소리를 알고 있다. 마르그리트 뒤라스는 그녀의 소설 『연인』(L'Amant)의 전편을 이런 소리들로 채웠다. 롤랑 바르트와 같이 명민한 비평가는 그 소리가 강에서 흘러가는 시간의 소리이며, 작품 전체를 관통한 의식의 흐름과 일치하는 것이라고 그 책에 대해 논평했다. 똑같은 일이 가장 중요한 두 명의 이라크 작가, 가이브 투마 파르만[8]과 푸아드 앗타카를리에게도 일어났다. 둘 중 누구도 인생과 소설과 시간을 관통하며 질주하는 이 졸졸거림에서 자유롭지 못했다.

아직 소년이었을 때 할아버지의 집에 살면서, 나는 창문을 통해 이런 방식으로 강을 바라보았다. 거기서 아침 햇살은 금빛 무대를 가로질러서 모슬린 커튼 너머로 조금씩 내려앉다가 마침내 거실의 가구 위에 자리를 잡았다. 이 이미지도, 그리고 또 그곳에서의 가족생활도 결코 나를 떠나지 않을 것이다. 그 강은 마치 졸졸거림이나 시간이 스쳐가던 순간들을 통해서 우리 가족을 하나로, 즉 할아

8 1927~1990. 이라크의 소설가. 바그다드 출생. 특히 1940년대부터 1970년대까지 이라크의 정치사회적 환경을 소설에서 잘 그려냈다는 평가를 받는다. 작품으로 장편소설 『야자수와 이웃들』 등이 있다.

버지, 할머니, 아버지, 어머니, 삼촌들, 이십대의 젊은 고모의 이미지를 하나로 묶어내려는 것 같았다. 아침이면 나는 까만 머리채를 한 고모가 아직 어린애 티가 남은 미소를 지으며 돌아다니던 것을 보았다. 그녀는 부드럽고 우아하게 거울 가까이 다가섰다. 그런데 그 거울은 거실에서 늘 잠자고 있다가 머틀 나무의 조각으로 앞머리를 장식하던 집안 여자아이들의 얼굴을 비춰주곤 했다.

동이 트자마자, 우리의 큰 집에 달린 창문은 하루 일과가 경외감을 불러일으키는 광경을 목격했다. 여기저기 강이 내려다보이는 정원에서는 수십 명의 마을사람들이 야자나무 잎을 모았다. 가축들이 음매 하고 울면서 여인들에게 젖을 짜달라고 보챌 즈음이면 여물가게가 문을 열었다. 다리의 교각 사이로 날아온 바다갈매기는 안뜰과 테라스를 빙빙 맴돌았다. 젊은 농부는 강가 정원 가까이 목초지로 가축을 데리고 갔다. 내가 보는 바로 그 창문을 통해서, 우리는 포도 위에서 모이를 쪼는 비둘기와, 야자수와 감귤나무 사이로 높이 줄지어 선 다마스쿠스 장미 위의 검은 벌을 보았다. 이 경탄스러운 전원의 목가가 우리 눈앞에서 마치 한 편의 연극인 양 흘러갔다.

이것이 티그리스이다. 그런데 왜 나는 다뉴브에 관한 마그리스의 책을 읽을 때 두 강이 같은 이야기를 공유한다고 느꼈을까.

티그리스 강은 홍수의 선물이었다. 의심할 나위 없이 노아의 홍수 말이다. 유럽 사람들은 노아의 홍수가 고대 이래로 그 축축한 공기로 항해자의 얼굴을 덮는 한편, 오랜 세월 그들의 발 아래 부드러운 습기가 깔려 있는 강이었으며 오늘날에도 여전히 그런 모습으로 남아있는 것이라고 생각했다. 바그다드의 통속적인 이야기 속에서도 이 티그리스 강은 홍수의 선물이다. 바그다드가 티그리스의 선물인 것, 혹은 두 강의 선물인 것과 마찬가지로 말이다.

티그리스 강은 물결의 욕망의 선물이었다. 주디 산[9]이 벌린 팔을 연안으로 뻗칠 때, 강물은 북쪽에서 남쪽으로 끊임없이 흘러들었다. 홍수가 거대한 바다의 한가운데로 물러났을 때, 최초의 바빌로니아 전설처럼 강의 수위가 높아졌다. 그것은 처음에는 본디 바빌로니아 전설로서 오직 셈족의 것이었다. 비록 그것들이 같은 전설일지라도, 나 자신은 내가 두 개의 강과, 두 개의 지리와, 두 개의 문화에 속한 두 개의 전설 한가운데에 있다고 느꼈다. 나는 멀리에 있는 강의 공기를 마치 하나로 느꼈다. 그때 물의 단내를 머금은 축축한 공기가 내 얼굴을 덮쳤다.

클라우디오 마그리스가 말하듯이, 다뉴브 강의 신화는 유대교 신전의 기둥에 빛을 뿌린다. 대홍수의 신화를 반복하는 티그리스 강은 그 어두운 푸른색을 통해 그와 똑같은 광휘를 되비춘다. 사디 유수프는 그 강이 납으로 된 신발을 신었다고 말하며, 연안에 타오르는 저녁놀을 따라 퍼져나간다고 묘사한다.

9 이란에 있는 산. 노아의 방주가 대홍수 후 아라랏 산에 닿았다고 하는 주장이 있는데, 일부에서는 주디 산이 아라랏 산이라고 말한다.

토라[10]는 명백하게 히브리족의 창작물이며, 히브리어는 티그리스 강에 의해 만들어진 성스러운 언어이다. 그래서 그 언어를 말하는 셈족 사람은 점차 힘을 얻었고, 히브리어의 깜박거리는 불꽃은 조용하고도 신속하게 역사를 따라 지나갔다. 이런 식으로 티그리스 강과 다뉴브 강은 신에게로 향하는 길의 전환점에서 만난다. 뻗어나가다가 물러나고, 끊임없이 넘치고 빠지기를 반복하며, 그러다가 다시 뻗어나가는 식으로 평생 동안 여행을 한 뒤에 녹초가 된 채 말이다.

몇 년 후, 티그리스 강은 이라크의 역사적 변화를 목도했다. 사담 후세인이 권력을 잡았지만, 결국 그들 가족은 파멸했다. 그들이 이라크 전체를 파멸시켰듯이, 뜨거운 정치적 화제가 그들 가족을 파멸시킨 것이다. 이라크인 가정의 안전은 영원히 사라졌고, 가족은 죽거나 수감되거나 추방되는 신세로 끝났다. 티그리스 강은 훈육하고 징계하는 권력의 손안에서 하나의 도구로 변했고, 이라크는 정신병자 수용소, 병원, 감옥, 그리고 군 시설이 되었다. 강이 제공하던 평안은 끝났고, 우리에게 친숙했던 강둑은 더 이상 (연극을 보여주던) 극장이기를 그만둬버렸다. 반대쪽 강변에 전제 권력의 궁전이 있었기 때문이다.

그 궁전은 강으로부터 정당성을 인정받을 뿐만 아니라, 또한 강의 전제를 드러내는 하나의 상징이기도 하다. 국가 권력은 비단 강

10 일반적으로 율법서를 가리킨다.

을 지배하는 것에만 의지하지는 않았는데, 그보다는 티그리스 강이 국가의 힘과 권위를 나타내는 상징이 된 것이었다. 그 강을 통해 국가는 상징적으로 정책을 소통시킨다. 티그리스 강은 더 이상 극장이 아니며, 〈천일야화〉에서 바그다드의 여러 세대 지식인들의 마음을 사로잡았던 낭만적이고 관능적인 꿈과 같던 그 강의 이미지는 사라져버렸다. 그 강은 눈에 띄는 방식으로 전제 정권의 소유물이 되어갔다. 이라크의 오랜 역사에 걸쳐서 지배자의 궁전은 티그리스의 서쪽 강둑에 세워져 있었다. 아직 어렸을 때 나는 그곳이 지배의 영역이라고 생각하면서 강둑을 바라보았다. 거기에는 1950년대 이라크를 다스렸던 누르 앗 사이드[11]의 궁전, 파이살 왕이 바그다드에 처음 도착했던 때 거주했던 시수 궁, 또 리하브 궁, 그리고 후에 대통령 관저가 되었던 꽃의 궁전(카스르 아즈후르)이 있었다.

그러나 1980년대에 정부는 야자나무 숲과 무기로 궁전의 방벽을 강화했고, 관할구역을 강 전체로 확장했다.

나는 서른 살이 되었을 때 다뉴브 강 앞에 섰다. 차갑고 외로운 숨결이 내게 훅 끼쳐왔고, 나는 쓸쓸했다. 티그리스 강변의 어두운 저녁노을은 야자수 숲으로 흩어지는 슬프고도 끊임없는 비탄조의 메아리를 품고 있었기 때문이었다. 나는 태양이 온종일 그을려 놓은 야자수 줄기에서 따뜻한 냄새를 맡곤 했다. 푸드덕거리는 새들은 농

11 파이살 국왕 체제에서 수상 역임. 1958년 압두 알 카림 까심을 비롯한 자유장교위원회의 군부쿠데타로 국왕과 함께 처형당했다.

장과 마구간의 울타리 위에서 짹짹거렸다. 그 새들은 일제히 지저귀다가 허겁지겁 둥지 쪽으로 날아갔다.

북구의 밤은 다르다. 그것은 밤이라고는 할 수 없는, 질질 끄는 늦저녁에 가까웠다. 저녁이 계속되는 동안 조금씩, 느리고 부드럽게, 어둠이 깔리기 시작한다. 저녁의 시작은 조금씩, 가장 어두운 색조에 닿을 때까지 부드러운 리듬과 함께 고양되는 아주 섬세한 파란빛이 도는 보라색이 특징이다. 몇 해 뒤, 나는 미하이 바비츠[12]의 소설에서 유럽의 밤에 대한 묘사를 읽었다. 그것은 유럽인 작가가 쓴 가장 아름다운 소설 중 하나인데, 만약 내 말이 의심이 간다면, 당신이 『비르길 티마르의 아들』(Timár Virgil fia)이라는 소설을 읽을 때까지 판단을 미루어 두라. 즉, 당대의 언론이 '가을의 오케스트라'라고 불렀던 그 소설 말이다.

물론 여행이 내 경력의 일부가 된 게 사실임에도 불구하고, 나의 망명은 (짧은 시간에 많은 곳을 돌아다니는) 빽빽한 관광 같은 것은 아니었다. 그렇지만 나의 정서적이고 정치적인 뿌리가 어디 다른 곳에 있다면 내가 뭘 할 수 있겠는가. 충격적인 순간은 강과 함께 시작된다. 이를테면 2007년에 내가 카이로의 나일 강에서 스스로 발견해낸 것처럼 말이다. 나는 망명이 집을 찾아 회귀하는 것이 아니라, 아마도 강을 찾는 것이겠거니 생각했다. 나는 여기서, 비록 힘들기

12 1883~1941. 헝가리의 시인이자 소설가, 번역가. 『비르길 티마르의 아들』은 1922년 작.

는 하지만, 이곳저곳을 끊임없이 방랑하는 망명에 대해서 언급하는 것이다. 이는 죄르지 루카치[13]가 말한 바의 어떤 문화적인 고양으로 귀결되는 방랑이다. 그러나 나는 이러한 상승감을 전혀 경험하지 못했다. 이 시점에서 대신 나는 역사를 떠올리려고 노력한다. 이때 '역사'라는 단어가 강조하는 것은 그람시[14]적 개념인데, 즉 지구와 관련된 지리적이고 기후적인 성격을 지닌다. 그 역사는, 사회가 수많은 이미지와 은유가 교차하는 하나의 지구처럼 묘사되는 한에 있어서, 서로를 연결하고 관통하는 몇 개의 드문 고양감이 만들어낸 것이다. 이러한 방식으로, 정치적일 뿐 아니라 문화적이기도 한 은유를 통해서, 그 강은 모방할 수 없는 높은 경지에 이르게 된다. 이는 강과 제방과 정원을 소유한다고 해서 되는 것도 아니고, 사람들과 나아가 강과 연관된 모든 관념을 포위하고 장악하고 구속하는 방식을 통해 사람들을 그것들로부터 내쫓는다고 해서 되는 것도 아니다.

그리하여 나는 이제 내가 오갈 데가 없으며, 가장 심하게 거부당하고 추방당한 이방인과 다름없다는 사실을 알게 되었다. 바로 그 순간에, 나는 결핍뿐만 아니라 기만마저 느꼈다.

내 생애 처음으로, 나는 강에서 보낸 여름뿐만 아니라 그에 대한 기억마저 잃어버렸다고 느꼈다. 망명으로의 첫 발을 내디딜 때,

13 1885~1971. 헝가리의 마르크스주의 철학자이자 미학자, 문학사가. 우리나라에 『소설의 이론』, 『젊은 헤겔』 등 그의 저작 대부분이 번역 소개되어 있다.

14 1891~1937. 이탈리아의 마르크스주의 이론가이며 공산주의자. 파시스트의 감옥에서 헤게모니 개념을 발전시킨 『옥중수고』를 썼다.

나는 그 강에서의 여름을 영원히 잃어버린 셈이다. 그리고 비난한다고 해서 잃어버린 강에 대한 보상은 되지 않는다고 생각했다. 그것은 거의 전부 강변에 지어진 집과 방들의 냄새를 들이마시는 것으로 보냈던 나의 어린 시절처럼 사라졌다. 이 기억은 절대로 지워지지 않을 것이며, 끊이지 않고 영원히 연주되는 단조로운 음악처럼 언제까지나 나를 고문할 것이다. 그것은 내 의식에 완고하고도 집요하게 머물 것이다. 그 기억은 의식에 달라붙는 어떤 울림을 갖고 있다. 저녁이면 높이 더 높이 날아올라서는 황홀경과 득의만만에 이를 때까지 노을을 등진 채 즐겁게 자꾸 올라가는 참새처럼 그 모든 저녁을 상기해 내는 울림. 그러다보면 나는 혼란스럽고 슬픈 채 가만히 서서, 결핍과 기만, 그리고 허비된 존엄성에 대한 생각을 조금은 하게 되는 것이다.

역주

1 소포클레스의 비극 〈안티고네〉에서 오이디푸스가 죽은 후 두 아들이 싸우다가 둘 다 죽고 만다. 테베의 새로운 통치자 크레온은 에테오클레스에게는 성대한 장례를 베풀지만, 반역자 폴로니케스의 시신은 황야에 내버려 짐승이 뜯어먹게 한다. 이에 누이 안티고네는 칙령을 어기고 오빠의 시신을 몰래 장사지내 주려 하다가 붙잡힌다. 여기서 안티고네의 행위는 신의 법을 지키고 인간의 법에 불복하는 것으로 해석된다.

2 줄리앙 그라크(Julien Gracq: 1910~2007)의 소설 『시르트의 바닷가』에 등장하는 국가명. 줄리앙 그라크는 1951년 이 작품으로 공쿠르상에 지명되었으나 수상을 거부했다. 이 작품은 시르트 해를 사이에 두고 있는 오르세나와 파르게스탄 양국의 관계를 초현실주의적인 기법으로 그려낸다.

3 앙드레 지드의 『지상의 양식』에 나오는 인물. 이 책은 "나타나엘이여, 도처(到處)가 아닌 다른 곳에서 신을 찾기를 바라지 말라."라는 문장으로 시작된다.

4 이스탄불의 가장 번화가에 있는 광장. 2013년 이곳에서 도심 재개발 문제를 둘러싸고 대규모 반정부 시위가 열려 세계적으로 주목을 받기도 했다.

5 아랍, 이슬람 세계의 민담에 등장하는 트릭스터 주인공으로 바보 현자. 터키에서는 나스레딘 호자(혹은 나스레딘 예펜디)로 불린다. 중앙아시아 여러 나라에도 비슷한 유형의 민담 캐릭터(예: 알다르 호제)가 존재한다.

6 터키 전통 음식으로 고기와 채소를 같이 먹는다.

7 신탁으로 유명한 신전이 있는 그리스의 도시.

8 터키 북서부, 유럽과 아시아 사이에 있는 내해. 흑해와 에게 해를 잇는다.

9 이스탄불의 옛 이름. 비잔틴 제국과 오스만 제국의 수도였다. 콘스탄티노플 함락에 대해서는 별도 〈인명사전〉 중 무함마드 알 파티흐에 대한 설명 참고.

10 Cibeles. 아나톨리아 반도에서 숭배된 대지의 어머니 여신이다. 이난나의 영향을 받은 풍요의 여신이며, 고대 그리스와 고대 로마에도 전파되었다. '시벨레'는 틀린 표기.

11 혹은 미나레. 이슬람 건축에서 건물 위에 세운 첨탑.

12 이스탄불의 갈라타 지역에서 가장 높은 곳에 있는 탑으로 높이는 63미터. 1348년 건축 당시에는 세계에서 가장 높은 건축물이었다고 한다.

13 궁전 또는 숙소라는 뜻.

14 Abdul Hamid. 1842~1918. 오스만튀르크 제국의 제34대 술탄으로 내정에 간섭하는 서구 열강에 맞서 범이슬람주의 정책을 펼쳤다.

15 이슬람 세계의 족장, 토후, 왕자.

16 이스탄불의 배수 시설은 예부터 유명하다. 예컨대 탁심 광장은 1732년 술탄 마흐무드 1세가 이스탄불 근처 숲에 있는 저수지에서 물을 끌어와 나누기 위한 배수 시설을 지은 데서 유래한다. 사실, 탁심은 터키어로 '분할' 또는 '무엇을 나누다'라는 뜻이다.

17 Fener. 파티흐 구역에 있는 한 지역. 콘스탄티노플 함락 이후 많은 그리스인들이 이곳을 고향처럼 여기며 모여 살게 되었다.

18 이스탄불의 역사가 깊은 유대인 지구. 특이한 모양과 색조의 건축물들로 유명하다.

19 에윱(Eyüp)은 마호메트를 도와준 메디나의 주민으로 콘스탄티노플 성 밖에 묻혔다. 그 후 8백 년이 지나서 정복자 메흐메드 2세 때 그의 무덤이 기적적으로 발견되었다. 그때부터 성지 순례지의 하나가 되었다.

20 시밋이라는 터키 특산 깨빵을 파는 전국적 프랜차이즈.

21 터키 이스탄불의 시장. 15세기 중반 건설된 대규모 전통시장으로 상점들이 모두 건물 안에 있다.

22 이스탄불을 대표하는 사원으로 내부가 파란색과 녹색의 타일로 장식되어 있기 때문에 흔히 '블루 모스크'라고 한다.

23 1876년 가을, 당시 스물일곱 살이었던 해군장교 로티는 열여덟 살짜리 체르케스계로 하렘가 출신 소녀 아지야데와 사랑에 빠졌다. 그녀에게 로티는 수많은 이국의 '연인' 중 하나였지만, 로티에게 그녀는 더 없는 사랑이었다. 로티는 그녀의 이름을 새긴 반지를 평생 끼고 살았다.

24 쌀가루, 우유, 설탕으로 만든 디저트.

25 베이올루의 탁심 광장 맞은 편의 슬럼가. 다수의 그리스와 아르메니아 건축물들이 있다.

26 "즐거운 여행이 되기를!" "잘 다녀오세요."라는 뜻.

27 Cicek Pasaji. 이스탄불 베이올루 지역에 있는 유명한 상점가. 이름은 '꽃의 통로' 혹은 '꽃의 회랑'이라는 뜻.

28 Ayasofya. 이스탄불의 소피아 대성당. 동로마제국 시절에 건축된 성당으로 비잔틴 건축의 걸작으로 유명하다. 현재는 박물관으로 쓰인다.

29 Beylerbeyi Palace. 이스탄불 위스퀴다르 지구 교외에 있는 오스만튀르크 시대의 궁전 중 하나. 술탄의 여름 별장 겸 영빈관으로 사용되었다. 1861년에 공사를 시작해 1865년에 완공했다.

30 터키 모자. 술 달린 양태 없는 모자. 주로 붉은 색이다.

31 '소아시아'라고 불리는 아나톨리아 반도의 도시 이름. 한없이 빙글빙글 도는 신비로운 춤사위 세마의 근거지로 유명하다.

32 Saint Mary Draperis 성당. 1584년에 건립된 성당으로 Clara Bertola Draperis 부인이 프란치스코 수도회에 기증했다. 1660년에 발생한 화재로 이콘(성화)을 제외한 모든 것이 소실되었다. 그 후 1678년 지금의 자리에 수도원이 지어졌는데 다시 여러 차례 화재와 지진을 겪었다. 최종적으로 1769년 건물이 지금의 모습이다. 1798년은 착각인 듯.

33 그랑 바자르의 원래 이름. '지붕이 있는 시장'이란 뜻의 이스탄불을 대표하는 시장.

34 그랑 바자르 옆 이스탄불 대학교 정문 앞의 광장. 근처에 헌책방 거리도 있다.

35 특히 이슬람교도 튀르크족 사이에서 널리 유포되고 있는 민담의 주인공. 아랍의 주하, 중앙아시아의 알다르 호제도 동일한 성격을 지닌 트릭스터라고 할 수

있다. 터키에서는 나스레딘 호자에 대한 인기가 굉장한데, 이를 반영하듯 그를 소재로 한 국제카툰페스티벌도 해마다 성황이다.

36 Yıldız Palace. 19세기 말에 지어진 오스만제국 시절의 궁전. 술탄이 거주했다. 일디즈는 '별'이라는 뜻.

37 Ciragan Palace. 오스만 시대의 궁전이었으나 현재는 켐핀스키 호텔.

38 Ortakoy. 보스포러스의 유럽 쪽 해안에 있으며, 오스만 제국 시절부터 국제적인 성격을 띤 구역.

39 이란 북부에 펼쳐진 산맥으로 '엘 부르스 산맥'이라고도 부른다. 이후 등장하는 '알 아무트'는 바로 이 산맥의 한 가운데 2000미터 이상의 높이를 지닌 바위 절벽 위의 성채를 지칭한다.

40 Shah Nama 혹은 Shah Nameh. 『샤나메』. 페르시아의 시인 피르다우시(Abul Qasim Firdosi, 935경~1021경)의 방대한 서사시로 '제왕열전(諸王列傳)'이라는 제목이 뜻하는 바대로 고대 이란 민족의 역사와 신화, 전설이 망라되어 있다.

41 Qajar Dynasty. 1779년부터 1925년까지 이란을 지배한 왕조이다.

42 Karaj. 테헤란에서 서쪽으로 20킬로미터 정도 떨어진 알 부르즈 주의 주도. 알 부르즈 산맥에 붙어 있다. 카스피 해에서 가깝다.

43 Kelardasht. 테헤란 북서쪽 카스피 해에 가까운 계곡으로 생태 관광의 중심지.

44 Ramsar. 카스피 해에 연한 마잔다란 주의 서쪽 마을. 오렌지 농장과 리조트가 많다. 1971년 국제적 습지 보호를 위한 람사르 조약의 체결장소로도 유명하다.

45 페르시아의 시인 피르다우시의 대서사시 『샤나메』에 등장하는 영웅.

46 아라비아 반도에 이슬람이 도래한 7세기 이전 시기의 시로 아랍시의 근본으로 간주된다. '자힐리야'의 사전적 의미는 '무지' '무식'을 뜻한다.

47 '우마위야'는 예언자 사후, 네 명의 정통 칼리파들의 시대를 거쳐 661년부터 아랍 제국을 다스린 첫 번째 이슬람 칼리파 세습왕조를 말한다. 750년까지 지속.

48 예언자의 숙부인 아부 알 압바스가 초대 칼리파로 즉위하였으며 이후 몽골족이 바그다드를 함락(1258년)할 때까지 대략 5백 년간 존속하였다.

49 Ghazal. 사랑에 관한 짧은 시.

50 Al-Masalik wa al-mamalik. 10세기 페르시아의 작가 알 이스타크리(al-Istakhri)

가 쓴 지리서.

51 16세기에서 18세기 초까지 이란을 지배했던 이슬람교 시아파 계통의 왕조.

52 이슬람은 수니파가 대부분이고 시아파는 이에 비해 소수이다. 이란이 시아 이슬람을 신봉한다는 의미로 해석된다.

53 사각형의 천을 반으로 접은 다음 머리에 대고 똬리를 틀듯이 말아 올려 쓰는 모자. 주로 아라비아 반도의 오만 남자들과 북아프리카의 수단 남자들이 많이 쓴다.

54 접으면 반달 모양의 시리아 모자. 아랍 남자들이 쓰는 모자 중 가장 간단한 형태를 하고 있다.

55 Saadabad Palace. 팔레비 왕조의 궁전이었는데, 이란혁명 이후 대통령궁과 박물관으로 사용.

56 아랍 남자들이 주로 쓰는 흰색 면 모자로 머리에 딱 붙는다. 가끔은 타르부쉬 안에 쓰기도 한다.

57 파티마는 예언자 무함마드의 딸이다. 이란은 이슬람 종파 중에서 '시아파' 국가이다. 파티마는 알리와 결혼했고 알리를 추종하는 '시아파'는 그런 맥락에서 파티마의 생일을 축제로 연다.

58 16세기 네덜란드의 사상가 에라스무스를 기념하여 매년 인문과학 분야에서 탁월한 업적을 인정받은 자에게 수여하는 상.

59 이슬람의 신비주의 교파.

60 코흘은 눈가에 바르는 검은 색 아이라인이다.

61 Eram Garden. Eram은 코란에 나오는 천국을 의미하는 Iram의 페르시아어 버전. 18세기 셀주크 시대의 유산.

62 Bab Quran. Quran Gate. 'Bab'는 문이라는 뜻. 잔드 시절에 도시의 북동쪽 입구에 세워진 문. 여행자들이 이 문을 통과하면 코란의 행운을 얻는다는 속설이 있다.

63 Nasir al-Mulk Mosque. 카자르 시대, 1876년에 건축을 시작하여 1888년에 완공.

64 고대 페르시아의 아케메네스 왕조의 수도이다. 현재는 이란 시라즈 시에서 북

동쪽으로 70km 가량 떨어진 곳에 위치한 고고학적 유적지이다.

65 사산 왕조의 신화적 영웅이며 피르다우시의 대서사시 『샤나메』의 주인공 중 한 명인 로스탐을 상징하는 도안이 새겨져 있어 이 유적을 로스탐 그림이라 부른다.

66 Bushire. 이란 남서부 부시르 주의 주도이며 항구도시.

67 실크로드의 중심도시로서 현재는 우즈베키스탄 영토 안에 있다. 8세기 전반 칼리프 정권 하에 들어가 이슬람화하였으며, 그 후 카라한 왕조, 카라키타이 왕국, 호라즘 샤 왕조 등을 거치면서 점차 튀르크화하였다. 14세기 후반에 티무르 제국의 수도가 되어 크게 번성했다.

68 Alamut. 카스피 해 남쪽 알 부르즈 산맥에 위치한 요새로 과거 시아 이슬람의 일파인 아사신파의 성채가 있었던 곳이다. 테헤란에서 약 100km 떨어져 있다.

69 이슬람교 시아파의 한 분파.

70 하시시 중독자들. 하사신이 암살자라는 의미로 사용되었고 영어의 'assassin'이 되었다는 학설이 있다.

71 Nishapur. 이란 북동부 호라산 지방에 위치한 도시. 실크로드의 주요 거점 도시로, 이란, 중앙아시아, 중국을 잇는 역할을 했다. 다수의 문인들이 그곳을 중심으로 활동한 문화도시로도 유명하다. 우마르 알 카이얌 역시 그곳 출생이다.

72 Yazd. 세계에서 가장 오래된 도시의 하나. 조로아스터교의 발상지로도 유명하다.

73 수도 알제의 대표 지역인 디도쉐 거리를 지나 바다 쪽에 있는 광장으로 알제 대학이 근처에 있다.

74 Malacca, 말레이시아, 말레이 반도 서쪽 연안의 말라카 해협에 있는 항구 도시.

75 Alexandria. 이집트 북부에 있는 무역항. 기원전 332년 알렉산더 대왕 때 건설한 고대 이집트의 수도이다.

76 알제리를 점령했던 민족들을 열거하고 있다.

77 알제는 언덕이 많은 지형이다.

78 아랍 남자들이 입는 평상복. 긴팔 원피스 형태에 길이는 발등을 덮는다. 나라마다 목선의 형태와 장식에서 차이가 난다.

79 알제리의 수도는 알제(Alger)이다. 아랍어로는 양자의 표기가 동일하다.

80 Rue Didouche Mourad. 쇼핑 거리로 식기, 민속의상 등을 파는 가게가 늘어서 있다.

81 Icosium. 로마시대에 알제를 부르던 이름. 카르타고 시대에는 Icosim.

82 16세기 알제의 바다는 해적들이 장악하고 있었다.

83 알제리의 전 대통령 우아리 부메디엔(Houari Boumedienne)의 이름을 딴 알제 남동쪽의 국제공항.

84 Hotel El-Aurassi.

85 알제리의 공식어는 아랍어와 프랑스어이다. 그밖에도 베르베르어, 아랍어 방언이 함께 사용된다. 아랍세계에서 공식적으로 쓰는 언어는 표준 아랍어이지만 지역마다 방언이 발달해서 알제리 사람과 예멘 사람이 만나면 통역이 필요하다는 농담이 있을 정도이다.

86 1882년 마르크스는 엥겔스와 주치의의 권고에 따라 질병 치료와 요양을 위해 알제리와 몬테카를로 등지에서 약 4개월간 머무른다.

87 스페인의 작가 세르반테스는 16세기 오스만 튀르크와의 전쟁에 참전했다. 전쟁에서 부상을 입은 그는 스페인으로 귀국하다 해적에게 납치되어 5년 동안 노예 생활을 해야 했다. 그곳이 바로 알제리였다. 그런 이유로 알제리에는 세르반테스 거리도 있다.

88 1470~1518. 오스만의 해군 지도자.

89 G. 플로베르의 역사소설. 고대 문명 카르타고를 배경으로 한 이국적인 취향의 소설이다.

90 카스바(Casbah)의 본래 의미는 '성채'이다. 여기서는 빈민가를 상징하는 지역명으로 나타난다. 실제로 알제리의 카스바는 성채와 이슬람 사원이 있는 아랍인 거주 지역으로 빈민가이고 알제리 독립운동의 근거지였다.

91 아마지그(Amazigh)는 베르베르족을 뜻함. 아마지그는 '자유인'이라는 뜻을 지닌 이마지겐(Imazighen)의 단수 남성형. 단수 여성형은 타마지그(Tamazigh)라 함. 오늘날 북아프리카에서 아마지그어로 의사소통을 할 수 있는 사람은 극히 소수가 되었다.

92 Freemason. 18세기 초 영국에서 창설되고 후에 세계로 퍼진 우애를 목적으로 하는 비밀결사체의 단원.

93 알제리 남자들이 일반적으로 입는 의상으로 두건이 달린 긴 원피스 형태의 옷이다.

94 Bab Azoun. 알제의 도시 관문.

95 알제리 북서쪽의 항구도시로 알제리의 두 번째 도시이다. 언덕 위의 신시가지를 중심으로 프랑스와 스페인인 거주자가 많다.

96 Béjaïa. 혹은 Bugia. 알제리 북동부에 위치한 도시로 지중해 남부 연안과 접한다.

97 이주자라는 의미이다.

98 알제리 출신 프랑스인 카뮈는 알제리인들에게 가해지는 프랑스 식민당국의 탄압과 수탈에 항의했다. 그러나 그는 훗날 알제리 인민해방전선(FLN)이 전개하는 독립전쟁에 대해서는 그것이 많은 인명의 희생을 초래한다는 점에서 반대했다. 그는 1957년 노벨문학상 수상 당시 한 토론회에서 "그들이 알제의 시내 어디든 폭탄을 던지는 상황에서 내 어머니가 전차 안에 타고 계실 수도 있다. 민간인에 대한 이러한 폭탄 투척 행위가 정의라면, 나는 그런 정의보다는 내 어머니를 선택하겠다."고 말했다. 스스로 '알제리인'이라고 믿었던 카뮈에 대한 알제리인들의 평가가 냉혹해지는 지점이다.

99 소설『페스트』의 주인공 의사.

100 1991년부터 알제리 정부와 여러 이슬람주의 반군 간에 내전이 벌어졌다. 선거를 통해 이슬람 정권 탄생을 눈앞에 둔 상황에서 군부가 선거 무효를 선언하고 이슬람구국전선(FIS)을 불법화하면서 촉발된 내전이었다. 그 과정에서 전국에 걸쳐 학살도 자행되었다. 특히 1998년 1월 4일에는 수도 알제에서 240킬로미터 떨어진 우에드 리우에서 대학살이 자행되어 적어도 172명의 마을사람들이 살해되었다.

101 Blida. 알제리의 도시. 수도 알제에서 남서쪽으로 45킬로미터 거리에 있다. 과수원과 정원으로 둘러싸여 있다.

102 아테네의 경제활동의 중심지.

103 소포클레스의 비극으로 3대에 걸친 오이디푸스 일가의 비운을 다룬다.

104 Cyclades. 그리스 본토 남동쪽 에게 해의 델로스 섬 주변으로 산재한 일련의(약 220여 개) 섬들을 한데 이르는 말.

105 Monastiraki Square. 아테네 구도심에 있으며 옷가게, 기념품점, 벼룩시장 등으로 유명하다.

106 Syntagma Square. 아테네의 중심부의 광장으로 '헌법광장'이라는 뜻. 1843년 그리스 최초의 헌법이 여기서 공포되었다.

107 Kerameikos. 혹은 케라미코스. 아테네 시내의 북서쪽에 자리하고 있으며, 원래 유명한 도자기 생산지였다. 세라믹(ceramic)이란 단어도 여기서 유래했다. 이 부근에는 기원전 1000년 이전부터 기원후 500년까지 아테네를 빛낸 장군, 영웅, 정치인 등의 묘지가 있었다.

108 Piraeus. 아테네 도시 지역의 일부로 아테네 중심부에서 남서쪽으로 10km 떨어져 있는 항구도시이다.

109 Epidaurus. 펠레폰네소스 반도에 있으며, 기원전 6세기경 의술의 신 아스클레피오스(Asklepios)를 숭배한 도시국가. 현재 유네스코 세계문화유산으로 지정되어 있고, 잘 보전된 고대 원형극장이 있어 해마다 여름이면 고대 그리스 비극을 상연하는 연극 페스티벌이 열린다.

110 그리스 로마 신화에 나오는 의술의 신. 라틴어로는 아이스쿨라피우스(Aesculapius). 그가 죽은 사람도 살릴 수 있을 정도로 의술이 늘자 제우스는 그를 통해 인간이 불사의 능력을 얻을까 두려워 번개로써 그를 죽였다. 그를 안타깝게 여긴 아폴론의 부탁으로 '뱀주인자리' 별로 바뀌었다.

111 자크 루이 다비드(1748~1825)의 그림 〈호라티우스의 맹세(Oath of the Horatii)〉를 말하는 듯.

112 성 니콜라스 교회.

인명 사전(가나다순)

가다 알 삼만 Ghadah al-Smman. 1942년 생. 시리아 태생의 레바논 여성 작가. 대표작으로 『베이루트75』, 『베이루트의 악몽들』이 있다.

갓산 카나파니 Ghassan Kanafani. 1936~1972. 팔레스타인 작가. 언론인이자 정치색이 강했던 저항 작가. 1972년 레바논에서 이스라엘군의 차량 폭발 암살로 사망. 『태양 속의 남자들』, 『하이파로 돌아와서』 등 다수의 소설 작품을 출간했다.

글뤽스만 André Glucksmann. 1937년 생. 프랑스의 철학자. 프랑스 공산당의 핵심인사로 1960년대 말 세계를 휩쓴 반전-반체제운동인 이른바 '68혁명'의 주역이었으며, 베르나르-앙리 레비와 함께 프랑스 '신철학'(Nouveaux philosophes) 운동을 이끈 대표적 인물이었다. 그는 2007년에 프랑스 좌파 진영을 비판하면서 우파 대선후보로 나선 니콜라 사르코지에 대해 지지를 표명하기도 했다.

나믹 케말 Namık Kemal. 1840~1888. 오스만 제국 시절의 시인, 번역가, 사회개혁가.

나보코프 Vladimir Nabokov. 1899~1977. 러시아 출신의 미국 작가, 곤충학자. 중년 남자가 어린 소녀를 사랑하는 내용의 소설 『롤리타』로 유명하다.

나세르 딘 Naser al-Din Shah Qajar. 이란 카자르 왕조의 제4대 샤. 1831~1896. 재위 1848~1896.

나시르 후스로 Nasir Khusraw. 1004~1088. 중세 페르시아의 시인이자 여행가. 1045년부터 7년간 서아시아 각지를 여행하였으며, 이를 『여행기』로 남겼다.

나직 말라이카 Nazik al-Malaika. 1922~1992. 아랍 세계에서 가장 영향력 있는 여성 시인 중 한 명. 가장 유명한 시로 「콜레라」가 있다.

나짐 히크메트 Nazim Hikmet. 1902~1963. 터키의 시인이자 극작가. 러시아에서 시인 마야코프스키를 만난 후 공산당원이 되었다. 1937년에 체포되어 1950년 석방될 때까지 감옥에서 집필활동을 했다.

나집 마흐푸즈 Naguib Mahfouz. 1911~2006. 이집트의 대문호. 1988년 『우리 동네 아이들』로 노벨문학상을 수상했다.

네딤 구르셀 Nedim Gürsel. 1951년 생. 터키 작가. 현재 프랑스 소르본느 대학에서 터키 문학을 가르친다.

네르발 Gérard de Nerval. 1808~1855. 프랑스의 시인, 소설가, 저널리스트. 낭만주의 운동에 참여했고, 열아홉 살 때 『파우스트』를 번역하여 괴테로부터 칭찬을 받았다. 만년에는 정신 착란을 일으켜 목매어 자살했다.

니잠 알 물크 Nizam al-Mulk. 1018~1092. 셀주크 왕조의 재상. 그에게 내려진 이름이 '국가의 질서'를 뜻할 만큼 왕조의 행정체계를 바로잡는 데 큰 공을 세웠다.

니코스 카잔차키스 Nikos Kazantzakis. 1885~1957. 그리스의 소설가. 대표작 『그리스인 조르바』.

니코스 카파디아스 Nikos Kavvadias. 1910~1975. 저명한 그리스 현대 시인 중 한 사람.

데스몬드 스튜어트 Desmond Stewart. 1924-1981. 영국의 저널리스트이자 작가. 카이로에서 오랫동안 활동했고, 『초원의 표범』, 『부적절한 영국인』 등의 소설이 있다.

따하 후세인 Taha Hussein. 1889~1973. 이집트의 소설가. 어려서 맹인이 되었지만, 이에 굴하지 않고 『알 아얌』을 비롯하여 많은 소설을 발표하여 이집트뿐만 아니라 아랍문학 전체에서도 거장으로 손꼽힌다.

따하르 자우트 Tahar Djaout. 1954~1993. 알제리의 소설가이자 시인, 저널리스트. 세속주의를 옹호한다는 이유로 이슬람 원리주의자들로부터 암살당했다. 장편소설로 『이성의 마지막 여름』, 『관찰자들』 등이 있다.

따히르 왓따르 Tahar Ouettar. 혹은 Tahir Wattar. 1936~2010. 알제리의 소설가. 북아프리카에서 가장 많은 아랍어 독자를 지녔다는 평가를 받던 작가. 주요 작품으로 『알 라즈』, 『지진』 등이 있다.

라쉬드 미무으니 Rachid Mimouni. 1945~1995. 알제리 소설가이자 인권운동가. 1993년 알제리 내전을 피해 프랑스로 망명. 알베르 카뮈 상 등 많은 문학상 수상.

라쉬드 부제드라 Rachid Boudjedra. 1941년 생. 알제리를 대표하는 시인이자 소설가, 극작가. 1965년부터 글을 쓰기 시작했는데, 프랑스어와 아랍어를 오가는 실험을 계속했다. 알제리민족해방전쟁 당시 FLN에 가담하여 싸우기도 했다. 주요 작품으로 『이혼』(1969), 『지브롤터 찬미』(1987) 등이 있다.

레자 바라헤니 Reza Baraheni. 1935년 생. 아제르바이잔 계로 이란에서 태어난 시인이자 소설가. 캐나다 펜클럽의 전임 회장 역임. 현재 캐나다에 거주.

로렌스 더럴 Lawrence Durrell. 1912~1990. 영국의 시인, 소설가. 대표작 『검은 책』, 4부작 소설 『알렉산드리아의 4중주』.

리트소스 Yiannis Ritsos. 1909~1999. 그리스의 시인. 좌파 성향의 사회운동가이며 제2차 세계대전 당시에는 레지스탕스 활동에 가담했다. 전후 독재정권 치하에서 투옥되기도 했다.

마갈리 브와스나르 Magali Boisnard. 1882~1945. 프랑스의 시인이자 소설가.

마놀리스 아나그노스타키스 Manolis Anagnostakis. 1925~2005. 그리스 시인. 1940년대 그리스 내전 당시 마르크스주의적 입장에서 시운동을 전개했다.

마울루드 마으마리 Mouloud Mammeri. 1917~1989. 알제리의 소설가이자 시인, 인류학자. 주요 작품으로 장편소설『안면』(1955) 등.

마울루드 페라운 Mouloud Feraoun. 1913~1962. 알제리 소설가이자 민족운동가. 알제리민족해방전쟁 당시 프랑스군의 비밀군대조직 OAS에 의해 암살당했다. 주요 작품으로『빈자의 아들』(1950),『땅과 피』(1953) 등이 있다.

마흐무드 다르위시 Mahmoud Darwish. 1941~2008. 팔레스타인의 대표 시인. 1960년 첫 시집『날개 없는 새』를 펴낸 후『올리브 잎새들』,『팔레스타인에서 온 연인』,『낯선 여인의 침대』 등 30여 권의 시집과 산문집을 출간했다. 로터스 상, 레닌 평화상 등을 받았다.

말리크 하다드 Malek Haddad. 1927~1978. 콘스탄틴 출생. 불어로 글을 쓴 알제리 시인이자 소설가.

메흐디 아카반 Mehdi Akhavan-Sales. 1928~1990. 필명 M. 오미드(Omid). 페르시아어 자유시운동의 선구자 중 한 사람. 젊은 시절 정치활동 혐의로 투옥. 이란혁명 후에는 이란 문예아카데미 회장으로 추대되었으나 곧 강제로 사직을 당했다. 1956년 발표한 세 번째 시집『겨울』로 일약 유명해졌다.

모함메드 딥 Mohammed Dib. 1920~2003. 알제리 소설가. 독립 이전 알제리 민중의 삶을 핍진하게 그려낸『큰집』(1952),『화재』(1954),『직물짜기』(1957)로 이루어진 이른바 알제리 3부작으로 유명하다.

무스타키 조르주 무스타키 Georges Moustaki. 1934~2013. 프랑스의 샹송 가수이자 작곡가.

무함마드 아르콘 Mohammed Arkoun. 1928~2010. 알제리의 학자로, 세속적 이슬람 연구자들 중에서 가장 뛰어난 인물이라는 평가를 받았다. 저서로『아랍의 사상』(1988),『이슬람을 다시 생각한다: 상식적 질문과 비상식적 대답들』(1994),『이슬람: 개혁에서 전복으로』(2006) 등이 있다.

무함마드 알 파티흐 Muhammad Al-Fatih. 1432~1481. 공식명 메흐메드 2세(재위 1451~1481). '파티흐'는 '정복자'라는 뜻. 오스만 제국의 술탄. 보스포루스 건너 유럽 쪽 해안에 성채를 쌓고 커다란 대포들을 만든 다음 1453년 4월에 콘스탄티누스 11세의 비잔티움을 포위 공격하기 시작, 기독교에서 개종한 예니체리 부대를 앞세워 50일 만에 승리했다. 이로써 천년을 이어온 비잔틴 제국은 멸망했다. 파티흐 모스크는 1470년에 완성했으나, 그 후 지진으로 여러 차례 무너졌다. 최초의 왕실 모스크이다.

무함마드 압두 Mohammed Abduh. 1849~1905. 이집트의 이슬람 개혁사상가. 이집트의 전통주의 대학인 알 아자르 대학에서 법률적 개혁을 주창했다. 그러나 그것은 자유주의라기보다는 전통주의에서 크게 벗어나는 것이 아니었다.

무함마드 후세인 샤흐리여르 Mohammad-Hossein Shahriar. 1906~1988. 필명 샤흐리여르. 이란의 입헌문학기를 대표하는 시인 중 한 사람.

물라 사드라 Mulla Sadra. 1572년경~1640. 이란 시아파 이슬람의 철학자, 신학자. 17세기 이란의 문예부흥을 이끌었다.

미나스 디마키스 Minás Dimákis. 1913~1980. 그리스의 시인. 1935년 문예지『예술의 잎새들』 발행. 민족해방전선을 위해 활동. 1980년에 자살로 생을 마감했다.

미르저데 애쉬기 Mirzadeh Eshghi. 1893~1924. 극시『부활한 이란』으로 유명한 현대 이란의 시인. 여섯 개의 희곡을 썼는데 그중『노루즈 나메』가 가장 널리 알려졌다. 그의 정치적 활동에 반감을 품은 국왕이 보낸 자객들에 의해 집에서 살해당했다.

베르나르 앙리 레비 Bernard-Henri Levy. 1948년 생. 프랑스의 철학자, 작가, 영화감독으로서 현실 문제에 적극적으로 개입하여 활동했다. 대표작으로『인간의 얼굴을 한 야만』을 비롯해,『위험한 순수』,『신의 모험』,『아메리칸 버티고』 등이 있다.

베르트랑 Louis Bertrand. 1866~1941. 프랑스의 소설가. 1891년부터 알제리에서 9년간 체류.

보드리야르 Jean Baudrillard. 1929~2007. 프랑스의 철학자, 사회학자. 대중과 대중문화, 미디어와 소비사회 이론으로 유명하다. 주요 저작으로『소비의 사회』(1970),『시뮬라크르와 시뮬라시옹』(1981),『숭고한 좌파』(1984),『악의 투명성』(1990),『걸프전은 일어나지 않았다』(1991) 등이 있다.

사딕 잘랄 알 아듬 Sadiq Jalal al-Azm. 1934년생. 시리아 다마스쿠스 출생의 역사학자. 뉴욕, 베이루트, 암만, 다마스쿠스 등의 대학에서 교수 역임. 대표적인 저서로『종교사상비판』이 있다.

사미흐 알 까심 amih al-Qasim. 1939년 생. 팔레스타인의 대표적인 저항시인.

사이드 솔탄부르 Saeed Soltanpour. 이란의 시인이자 극작가. 그는 샤 체제 하에서 여러 차례 투옥된 바 있었다. 혁명 직후인 1980년에는 이란작가협회 회장으로 선출되지만, 이듬해 곧 투옥되고 이슬람 공화국의 혁명수비대에 의해 처형되었다.

사아디 Saadi Shirazi. 1210년경~1291년경. 페르시아의 위대한 시인이자 이야기꾼이다. 쉬라즈 출생. 말년에 왕실에서 계관시인으로 추대했다. 왕성한 집필로 스물세 권의 책을 냈다. 그 가운데 특히 『굴리스탄』(장미정원)과 『부스탄』(과수원)이 유명하다.

샤를 드 푸코 Charles de Foucauld. 1858~1916. 프랑스 가톨릭 사제로 알제리로 건너가 선교 활동을 펴다가 1916년 암살당했다.

샤를 아즈나부르 Charles Aznavour. 1924년 생. 아르메니아 출신의 프랑스 샹송 가수. 1940년대부터 노래를 부르기 시작해 세계적인 명성을 얻었다. 대표곡으로 〈라 맘마〉(1963), 〈이자벨〉(1965), 〈라 보엠〉(1965) 등이 있다.

샴스 타브리즈 Shams Tabrizi. 1185–1248. 이슬람의 신비주의 사상가. 루미의 스승.

서덱 헤더야트 혹은 사데크 헤다야트 Sadegh Hedayat. 1903~1951. 현대 이란을 대표하는 소설가. 주요 작품으로 『생매장』, 『세 방울의 피』, 『눈먼 부엉이』 등이 있다. 1951년 파리에서 가스로 자살했다.

세페리스 Giorgos Seferis. 1900~1971. 20세기 그리스를 대표하는 시인으로 1963년 헬레니즘 문화에 대한 깊은 이해와 사랑을 노래한 공로로 노벨문학상을 수상했다.

소흐랍 세페흐리 Sohrab Sepehri. 1928~1980. 현대 이란의 저명한 시인이자 화가. 20세기 초반 신시운동을 주도한 다섯 명 중 한 사람. 시집으로 『색깔의 죽음』(1951), 『슬픔의 동쪽』(1961) 등.

아가 무함마드 칸 Agha Mohammad Khan Qajar. 1742~1797. 재위 1782~1797. 이란의 샤.

아나톨 프랑스 Anatole France. 1844~1924. 프랑스의 소설가. 대표작 『타이스』(1890), 『붉은 백합』(1894), 『목마른 제신』(1912), 『천사의 반역』(1914) 등. 1921년 노벨문학상을 수상했다.

아담 미키에비치 Adam Mickiewicz. 1798~1855. 폴란드의 민족시인으로 러시아로부터 조국의 독립을 쟁취하는 투쟁을 적극적으로 전개했다. 젊은 시절 반러시아 정치활동을 한 혐의로 러시아에서 체포되어 5년 간 유형 생활을 한 그는 크림전쟁이 일어나자 1855년에 오스만 제국 치하의 이스탄불에 도착하여 러시아에 대항하는 폴란드 민병대를 조직했다. 그러나 콜레라에 걸려 곧 숨을 거두고 말았다. 대표작으로 『콘라트 발렌로트』, 『판 타데우시』, 『선조들의 밤』 등이 있다. 탁심 광장 옆 타랄바시 거리에 그를 기념하는 박물관이 있다.

아도니스 Adonis. 1930년 다마스쿠스 출생. 시리아의 대표 시인.

아지즈 나신 Aziz Nesin. 1915~1995. 터키의 국민작가로 최고의 이야기꾼 중 한 사람이었다. 특히 풍자소설과 꽁트로 유명하다.

아타튀르크(무스타파 케말 아타튀르크) Mustafa Kemal Atatürk. 1881~1938. 터키의 공화국의 창시자이자 초대 대통령.

아흐마드 샤믈루 Ahmad Shamloo. 1925~2000. 현대 이란을 대표하는 시인. 이란혁명 이전 샤의 전제정권에 항의하는 운동에 가담했다. 시집으로 『잊혀진 노래들』(1947), 『신선한 공기』(1957), 『빗속의 불사조』(1966), 『공기와 거울에 대하여』(1974) 등.

아흐마드 하심 Ahmet Haçim. 1885–1933. 바그다드 출생의 터키 시인. 아버지는 오스만 제국의 관리였다. 어머니 사후, 1893년 경 아버지를 따라 이스탄불로 이주했다. 『호수의 시간』은 1921년 작.

아흐메트 라심 Ahmet Rasim. 1864~1932. 이스탄불 출신의 터키 작가, 언론인. 군주 시대와 공화정을 두루 거친 작가의 시선으로 이스탄불을 묘사했다.

아흘람 무스타가니미 Ahlam Mosteghanemi. 1954년 생. 알제리의 소설가. 프랑스 식민지 시절 해방전사로 투옥중이던 아버지로부터 알제리의 역사를 몸으로 배웠다. 그녀의 집은 알제리 민병대의 근거지였다. 삼부작 소설 『육체의 추억』, 『감성의 혼란』, 『침대 너머』로 유명하다. 1998년 아랍문학 최고의 권위를 지닌 나집 마흐푸즈 상을 수상했다.

알 무타납비 Al-Mutanabbi. 915~965. 페르시아 쿠파 출생의 시인. 그의 명성은 스페인과 이란에까지 미쳤으며 특히 페르시아의 신시 발달에 지대한 영향을 미쳤다.

알 아타르 Attar. 혹은 Farīd ud-Dīn. 1145년경~1221년경. 페르시아의 시인. 니샤푸르 출생으로 약방을 경영했다. 신비주의 시인으로 다작의 작가.

알 이스타크리 al-Istakhri 혹은 Estakhri. 본명은 Abu Ishaq Ibrahim b. Muhammad Istakhri 10세기 페르시아의 작가로 지리서 『여러 길과 왕국들』을 펴냈다.

알 카이얌. 혹은 우마르 카이얌. Omar Khayyám. 1040년경~1123. 이란의 시인, 천문학자, 수학자, 과학자. 근대 페르시아어로 종교와 인생을 술이라는 도구로 노래한 4행 시집 『루바이야트』의 저자로도 유명하다.

알라비 Bozorg Alavi. 1904~1997. 현대 이란의 영향력 있는 시인이자 소설가, 정치인. 1979년 이란혁명 이후 독일로 망명. 대표작인 장편소설 『그녀의 눈』(1952)은 출판되자마자 판금되었다.

알리 샤리아티 Ali Shariati. 1933~1977. 이란의 종교사회학자. 전통적인 성직자 가문에서 태어난 그는 프랑스에서 사회학을 공부한 뒤, 마르크스의 방법론을 도입하여 이슬람을 재해석하여 이슬람혁명의 투쟁수단으로 활용했다.

압둘 라흐만 무니프 Abd al-Rahman Munif. 1933년 요르단에서 태어난 사우디아라비아 작가. 주요 작품으로 『나무와 마르주크 암살』(1973), 『지중해 동쪽』(1977)과 대하소설 『소금도시』(1984-1999)가 있다.

압둘 아지즈 Abdulaziz, 재위 1861~1876. 이란의 술탄. 탄지마트 개혁운동을 전개했다.

압둘 와합 알 바야티 Abdul Wahab al Bayati, 1926~1999. 이라크의 시인. 사회주의 리얼리즘을 신봉한 참여파 시인으로 반정부 활동을 전개하다 국외로 추방당하기도 했다. 『천사와 악마』, 『장미와 죽음』, 『빗속의 사랑』 등 많은 시집을 남겼다.

압둘 카림 소루쉬 Abdol Karim Sorush. 1945년 생. 이란의 종교 철학자. 코란은 하나님의 말씀이 예언을 통해 기록된 것이 아니라 예언자 무함마드가 기록한 것이라는 주장으로 이슬람 학계에 혁신적인 견해를 보였다.

압둘하미드 Abdul Hamid. 1842~1918. 오스만튀르크 제국의 제34대 술탄으로 내정에 간섭하는 서구 열강에 맞서 범이슬람주의 정책을 펼쳤다.

압둘할림 멤두흐 Abdulhalim Memduh. 1866~1905. 신문기자로 있을 때 기사가 문제가 되자 알제리와 프랑스로 망명을 떠났고, 영국에서 사망했다. 최초의 터키문학사로 간주되는 『오스만문학사』(1888)를 집필했다.

앗시아 제바르 Assia Djebar. 1936년 생. 알제리를 대표하는 여성 작가. 알제리 해방운동의 투사와 결혼했고, 그 스스로 해방전선의 신문에서 일했다. 1957년에 필명으로 첫 소설『갈망』을 발표했다. 이후『초조한 사람들』(1958),『새세상의 어린이들』(1962),『순진한 종달새들』(1967),『사랑, 기마 행진』(1985),『술탄의 밤』(1987),『감옥이 어찌나 넓은지』(1995),『알제리 하양』(1996) 등을 펴냈다.

앙드레 브르통 André Breton. 1896~1966. 초현실주의를 대표하는 프랑스의 시인, 미술이론가.

앙리 미쇼 Henri Michaux. 1899~1984. 벨기에 출신의 프랑스 시인, 화가.

앙토냉 아르토 Antonin Artaud. 1896~1948. 프랑스의 희곡작가, 시인, 배우, 감독. 초현실주의 운동에 가담하였고 샤를 뒬랭, 루이 주베 밑에서 배우와 연출가로서의 활동을 시작했다. 1935년 잔혹극의 대표작 〈첸치가(家)〉를 무대에 올렸고, 1938년 부조리극『연극과 이중성』을 출간했다.

야사르 케말 Yasar Kemal. 1923~2015. 터키를 대표하는 소설가. 구술전통에 기대어 민중의 삶을 치열하게 묘사하여 세계적으로 많은 독자를 확보했다. 대표작으로『말라깽이 메메드』 연작,『독사를 죽였어야 했는데』,『바람 부족의 연대기』 등이 있다.

야스미나 카드라 Yasmina Khadra. 1955년 생. 알제리 육군 장교 출신으로 2000년에 제대 후 알제리내전을 피해 프랑스에 망명. 주요 작품으로『유령의 가을』과 알제리 삼부작이 있다.

어레프 가즈비니 Aref Qazvini. 혹은 Aref Ghazvini. 1882~1934. 이란의 시인이자 음악가. 카즈윈 출생. 입헌혁명 시기를 대표하는 시인.

에딥 아드와르 Halide Edip Adıvar. 1884~1964. 오스만 제국 및 터키 공화국의 여성 소설가, 작가, 페미니스트 활동가.

에스판디아리 Ali Esfandiari. 이란의 시인. 필명 니머 유시즈(Nima Yooshij)로 더 유명하다. 1896~1960. 1923년에 시 「아프써네(연인)」라는 제목의 자유시를 발표하여 기성문단에 충격을 던져주며 신시운동을 주도했다. 이란 현대시의 아버지라 불린다.

에제 아이한 Ece Ayhan. 1931~2002. 터키의 시인. 모더니즘 시운동의 기수 중 한 사람. 시집으로 『키나르 하님의 바다들』, 『눈먼 고양이, 검다』, 『술탄의 백합』, 『팔 없는 서예가』 등.

오르한 벨리 Orhan Veli Kanık. 그냥 Orhan Veli라고도 한다. 1914~1950. 터키의 시인. 쉬르리얼리즘 계열의 〈가립〉 동인. 알콜중독자로 만취 상태에서 길을 가다가 구덩이에 빠져 뇌출혈로 요절했다.

오르한 파묵 Orhan Pamuk. 1952년 생. 터키 소설가. 2006년 노벨문학상 수상.

와시니 알 이으라즈 1954년 생. 알제리 작가. 시리아에서 학업을 마치고 돌아와 알제리 대학교에서 교편을 잡고 있다. 주요 작품으로 『바다로 빠진 남자의 사건』(1983), 『세상의 상태』(1987) 등이 있다.

이라저 미르저 Iraj Mirza. 1874~1926. 20세기 이란의 초창기 현대시를 대표하는 시인 중 한 사람.

이브라힘 타틀르세스 Ibrahim Tatlıses. 1952년 생. 아랍과 쿠르드계로 터키어로 노래를 부르는 가수이면서 식당과 관광산업에도 종사하는 사업가이기도 하다. 2011년 암살 기도를 당해 머리에 총상을 입었다.

이븐 루시드 Abu Walid Mohammad Ibn Rushd. 1126~1198. 흔히 Ibn Rushd. 라틴어로는 Averroes. 오늘날 스페인의 코르도바에서 출생한 아랍계 철학자. 이슬람 사상과 아리스토텔레스의 철학을 통합하였다.

이븐 바뚜따 Ibn Batutah. 1304~1368. 14세기 아랍의 여행가. 스물한 살의 나이에 세계여행을 떠나 삼십 년간 아시아, 아프리카, 유럽 대륙을 관통하는 모험을 감행했다. 이를 토대로 『이븐 바뚜따 여행기』(원제: 여러 지방의 기사와 여러 여로의 이적을 목격한 자의 진귀한 기록)를 남겼다.

이븐 파들란 Ahmad ibn Fadlan. 아라비아의 여행가. 10세기 말 이슬람 칼리프의 명을 받고 불가리아 지방에 파견되어 그곳에 살던 스칸디나비아 출신 루스(Rus) 인의 장례 목격담을 남겼다.

이자벨 에버하트 Isabelle Eberhardt. 1877~1904. 스위스 여성 탐험가이자 작가. 유럽 상류사회와 화류계의 진상을 파헤치는 글을 써서 유명해졌다. 당대 유럽의 고루한 관습을 깨고 이슬람을 받아들여, 북아프리카를 두루 여행했다. 특히 알제리를 제2의 고향으로 삼았으며, 그곳의 사막을 탐험했다. 스물일곱 살의 나이에 사막에서 급류에 휩쓸려 죽었다. 그녀의 짧지만 파란만장한 삶은 1991년 영화로도 만들어졌다.

일한 베르크 Ilhan Berk. 1918~2008. 터키 시인으로 랭보와 에즈라 파운드를 번역 소개하기도 했다. 대표작 『사물들의 책』, 『어떤 얼굴의 역사』 등.

자미 Jami. 1414~1492. 본명은 누르딘 압둘 라흐만. 페르시아 문학의 고전 황금시대의 최후를 장식하는 위대한 시인. 대표작 『라일라와 마즈눈』이 들어 있는 칠부작 시집 『일곱 개의 왕좌』 외 세 권의 서정시집을 펴냈다.

자밀 알 딘 아프가니 Jamal al Din al Afghani. 1839~1897. 이슬람 종교 지도자이자 개혁적인 사상가.

자브라 이브라힘 자브라 Jabra Ibrahim Jabra. 1919–1994. 팔레스타인의 시인이자 소설가. 이스라엘이 건국되면서 고향을 잃고 이라크로 망명. 장편소설 『왈리드 마쓰우드를 찾아서』(1978)로 유명하다.

잘랄 앗딘 알 루미. 혹은 루미. 1207~1273. 페르시아의 대표적인 신비주의 시인.

장 시냐크 Jean Sénac. 1926~1973. 프랑스어로 글을 쓴 알제리 시인. 오랑 출신. 알베르 카뮈와 오랫동안 친교를 맺은 것으로 유명하다.

줄리앙 그라크 Julien Gracq. 1910~?. 프랑스의 소설가. 장편소설『시르트의 바닷가』로 유명하다. 1951년 이 작품으로 공쿠르 상에 지명되었으나 수상을 거부했다.

카르스텐 니부르 Carsten Niebuhr 1733~1815. 독일의 여행가. 1761년 덴마크 원정대의 일원으로 5년 동안 아라비아, 페르시아, 소아시아 등지를 탐험했다.

카텝 야신 Kateb Yacine. 1929~1989. 알제리 소설가이자 극작가. 어린 시절부터 항불 독립항쟁에 가담하여 체포당하기도 했다. 주요 작품으로 소설『네지마』(1956)와 희곡『포위된 시체』(1958),『마호메트가 가방을 들고 간다』(1971) 등이 있다.

콘스탄틴 카바피 Constantine P. Cavafy. 1863~193. 그리스의 시인. 호머의 서사시『오디세이』에서 착상을 얻어 쓴「이타카」라는 시로 유명하다.

킴 필비 Kim Philby. 1912~1988. 소련과 영국의 이중간첩으로 소련을 위해 활약했다.

타우픽 하킴 Tawfiq al-Hakim. 1898~1987. 이집트를 대표하는 극작가. 첫 번째 희곡『동굴 속의 사람들』을 비롯하여 70여 편의 희곡작품을 썼다.

타키스 파파트소니스 Takis Papatsonis. 1895~1976. 그리스의 시인. 아테네 출생. 시집『작은곰자리』,『단테의 천국에서』(3부작) 외.

타흐마십 Tahmasb 혹은 Tahmasp. 이란 사파비 왕조에서 가장 오래 집권한 샤. 재위 1524~1533.

테오필 고티에 Pierre Jules Théophile Gautier. 1811~1872. 프랑스의 낭만파 시인, 소설가, 평론가.

파르비즈 나텔 칸라리 Parviz Natel Khanlari. 1914~1990. 테헤란 출신의 이란 시인.

파르윈 에터서미 Parvin E'tesami. 1907~1941. 이란의 여성 시인. 20세기 초 문학에 불어 닥친 현대적인 경향에도 불구하고 전통적인 시 창작을 고수했다.

파르키 야즈디 Mohammad Farrokhi Yazdi. 1889~1939. 이란 입헌혁명 시기의 시인으로 정부에 반대하여 투옥되었고, 끝내 테헤란 카스르 감옥에서 공기 주사를 주입받고 살해되었다.

파티마 메르니시 Fatima Mernissi. 1940년생. 모로코 페즈 출생의 페미니스트 작가이자 사회학자이다. 저서로는 『베일과 남성 엘리트』, 『무단 침입의 꿈들: 어느 하렘의 어린 소녀의 이야기』, 『셰에라자드는 서쪽으로 간다』 등 다수의 여성학 관련서가 있다.

파티흐 알리 말리크 Fath-Ali Shah Qajar. 이란 카자르 왕조의 제2대 샤. 1772~1834. 재위 1797~1834.

페드로 나바로 Pedro Navarro. 1460년경~1528. 스페인의 장군으로 1512년의 라벤나 전투를 지휘했으나 프랑스군에 포로가 되었다.

페르디낭 셀린 Louis-Ferdinand Céline. 1894~1961. 프랑스의 소설가이자 의사. 비속어를 사용해가며 사회적 통념을 깨뜨린 자전적 소설 『밤의 끝으로의 여행』(1932)으로 세계적인 반향을 불러일으켰다.

페리둔 타발랄리 Fereidoon(Fereydun) Tavallali. 1919~1985. 이란의 시인. 테헤란대학에서 언어학 전공. 이란 현대 신시의 개척자 중 한 사람.

포룩 파록저드 Forough Farokhzad. 우리말로는 '포루그 파로흐자드'라고 부르기도 한다. 1935~1967. 이란의 여성 시인이자 영화감독. 20세기 이란에서 가장 영향력이 있는 여성 시인이다. 대표작 『바람이 우리를 데려다 주리라』. 이란 최초의 여성 감독으로 활동하다가 서른두 살 나이에 차사고로 사망했다.

프란츠 파농 Frantz Fanon. 1925~1961. 프랑스령 마르티니크 태생의 평론가이자 정신분석학자. 알제리의 독립운동에 헌신했다. 주요 저서로 『검은 피부 흰 가면』, 『대지의 저주받은 사람들』.

프레드릭 제임슨 Fredric Jameson. 1934년 생. 미국의 대표적인 마르크스주의 이론가이자 문화연구가. 저서로 『변증법적 문학이론의 전개』, 『언어의 감옥』 외.

피르다우시 Abul Qasim Firdosi. 혹은 Ferdowsi. 935년경~1021년경. 페르시아의 대시인. 서사시 『샤나메』의 저자.

피에르 로티 Pierre Loti. 1850~1923. 프랑스 해군 장교이자 소설가. 세계의 바다를 두루 돌아다니며 경험한 이국적인 풍물과 이국 여성과의 사랑을 엮어 특이한 문학세계를 구축했다. 주요 작품으로 이스탄불의 비련을 말한 『아지야데』, 타히티의 풍치와 관능을 다룬 『로티의 결혼』 등이 있다. 이스탄불에는 그의 이름을 딴 언덕과 커피숍이 있다.

피츠제럴드(에드워드 피츠제럴드) Edward FitzGerald. 1809~1883. 영국의 시인이자 번역가. 특히 우마르 카이얌의 『루바이야트』를 영어로 처음 번역 소개한 것으로 유명하다.

하산 아가 Hasan Agha. 이탈리아 출신으로 1533년부터 1545년까지 술탄 바르바로사(일명 '붉은 수염')의 섭정으로 알제리를 다스렸다. 신성로마제국의 카를(샤를) 5세가 알제 정벌에 직접 나섰다가 악천후와 하산 아가의 공격으로 인해 큰 타격을 입고 물러섰다.

하산 알 사바흐 Hassan-i Sabbah. 이란 니자르파의 초대 선교자로, 아사신 교단의 창시자.

하피즈 Hafiz. 본명은 샴스 앗딘 무함마드. 페르시아의 시인. 14세기 시라즈 출생으로 서정시와 신비주의 시의 대가. '하피즈'는 코란을 암송하는 유일한 사람이라는 뜻. 가장 유명한 시집 『디반』에는 짧은 전통시 5백 편이 수록되어 있다. 괴테가 이 시인의 시를 읽고 감동을 받아 『서동시집』을 지었다고 한다.

후세인 마르단 Hussein Mardan. 이라크 시인. 평론가들은 흔히 '방랑자들의 왕자'라고 불렀다. 어린 시절 영리했던 그가 시를 쓰자 엄마가 쟁기로 때렸는데, 그때부터 그의 인생이 꼬이기 시작했다고 한다. 열일곱 살 때 고향을 떠나 바그다드로 건너갔지만 거기서도 실업과 굶주림, 투옥의 불운을 받아들여야 했다. 그 후 그의 시는 도덕과 전통, 그리고 사람을 공격의 대상으로 삼았다. 세계는 그에게 늘 적대적이었고, 결국 그의 시를 관통하는 주제도 소외와 광기일 수밖에 없었다.

후안 고이티솔로 Juan Goytisolo 1931년생. 스페인 출신의 작가. 프랑코 독재시절에는 작가의 책이 스페인에서 출판금지 되는 수난을 겪기도 하였다. 1956년 프랑스 파리로 간 이후 현재는 모로코와 프랑스를 오가면서 작품 활동을 펼치고 있다. 그의 주된 주제는 아랍 문화에 대한 긍정적인 시각이다. 대표 저서로는 『정체성의 표시』, 『전쟁의 풍경』 등이 있다.

사진 출처

아래 사진 이외의 것들은 모두 지은이가 직접 찍은 사진들이다. ©알리 바드르.

21쪽 Courtyard of the mosque, at dusk.
https://en.wikipedia.org/wiki/Sultan_Ahmed_Mosque#/media/File:Blue_Mosque_Courtyard_Dusk_Wikimedia_Commons.jpg

40쪽 The Grand Bazaar
https://en.wikipedia.org/wiki/Istanbul#/media/File:Grand-Bazaar_Shop.jpg

76쪽 Pera Palace Hotel Jumeirah
https://www.jumeirah.com/en/hotels-resorts/istanbul/pera-palace-hotel-jumeirah/

79쪽 Hasan Abad Square
https://en.wikipedia.org/wiki/Tehran#/media/File:02_hasan_abad_Sq..jpg

117쪽 Casbah of Algiers, Algeria
https://en.wikipedia.org/wiki/Casbah_of_Algiers#/media/File:Alger_Kasbah02.jpg

163쪽 Acropolis of Athens, with Odeon of Herodes Atticus
https://en.wikipedia.org/wiki/Athens#/media/File:View_of_the_Acropolis_Athens_(pixinn.net).jpg

해설

알리 바드르의 『한밤의 지도』에 대하여*

김정아

여행 에세이인 『한밤의 지도』는 '여행과 일상 그리고 문학의 향유'라는 부제를 달아도 좋겠다. 여행과 일상은 떠남과 지킴이라는 모순적 운명이지만 이 책이 선사하는 모순은 하나 더 있다. 역사이다. 알리 바드르의 여행지가 이스탄불, 아테네, 알제, 테헤란이란 걸 알아차리는 순간 독자의 지적 더듬이는 분명 아크로폴리스, 오스만 제국, 프랑스 통치가 끝난 알제, '악의 축'이라 불렸던 이란을 기억해낼 것이다. 그러나 이 책은 역사의 무게만으로는 설명될 수 없다. 그 안에는 고대 도시의 항구와 아름다운 지중해 물결에 수채화처럼 채색된 사람들의 삶이 파노라마처럼 펼

* 이 글은 역자가 『지중해지역연구』(제13권 제2호, 2011년)에 발표했던 서평이다. 맨 끝에 역자의 말을 덧붙였다.

쳐진다. 그렇다고 "지중해를 따라 발길 닿는 대로 떠난 여행기"라고 단언하기에는 그 도시들이 담고 있는 역사적 무게감이 천형으로 남는 것도 사실이다.

알리 바드르는 사담 후세인 통치 시기 이라크의 지식인이 감당해야 했던 좌절과 고통을 문학으로 표현하는 데 익숙한 작가이다. 걸프전과 이라크전에 참전했고, 2001년 이라크를 떠나 〈알 하야트〉, 〈알 마다〉, 〈알 두스투르〉, 〈알 리야드〉 등 굵직한 아랍신문에 칼럼을 연재하며 요르단 암만에 거주했다가 현재는 벨기에에 거주한다. 서양 철학과 프랑스 문학을 전공한 작가의 이력은 여행 에세이인 이 책에서도 숨길 수 없다. 그는 낯선 곳으로의 여행이 주는 자유의 공기가 독자의 폐를 한껏 부풀렸을 때 불쑥 초현실주의 작가의 작품을 빗대어 독자의 지적 호기심에 긴장을 유지시킨다. 그의 글은 어느 도시에도 소속되고 싶지 않은 '영혼의 자유로움'이고 도시의 결마다 숨어있는 사건들, 사람들, 그들의 문학을 추적하는 '집요함'으로 설명된다. 그는 유명 문인들이 찾았다던 카페를 탐방하고 자신이 좋아하는 작가와 소설에 대해 장황한 설명을 곁들인다. 이스탄불의 카페에선 앉은 자리에서 터키 현대 작가들의 계보를 쭉 훑고 오르한 파묵에게 이스탄불은 무엇인가를 정의한다.

한편 알제에서의 하루는 평범한 여행자의 그것이다. 빈둥거리며 길을 걷고 노점상의 좌판에서 프랑스어와 아랍어로 된 소설책을 구경한다. "이라크인은 우리 사촌"이라는 노점상 영감의 한마디는 알제리와 이라크의 형제애, 아랍과 이슬람이라는 공통분모를 상기시킨다. 하지만 좌판에서 발견한 카뮈의 작품이나 알제의 서점 진열대 전면을 점령하고 있는 프랑스어 책들은 실타래처럼 엉킨 알제리의 근대사를 떠올리게 한다. 알리 바드르는『한밤의 지도』에서 주인공 '나'의 입을 빌어 주저하지 않고 말한다. "카뮈의 알제리는 알제리인의 알제리와는 다르다. 그의 작품은 마르세유, 리외 혹은 백인 주민의 기념일 행사를 위한 것일 뿐이다."

철저한 아랍인의 시선을 보이는 그의 지적 배경이 서양 철학과 프랑스 문학에 있다는 것은 독자에게 아이러니이다.『한밤의 지도』 프롤로그에서 그는 이 여행을 아르튀르 랭보의 시 그리고 줄리앙 그라크의 소설『시르트의 바다』를 언급하며 시작한다. 카뮈에게 오리엔탈리즘의 잣대를 들이대려는 알리 바드르의 의지가 사실은 그가 대학에서 전공한 프랑스 문학의 지적 토양에서 성장했음을 알 수 있게 해주는 증거이다.

알리 바드르는 1964년 바그다드에서 출생했다. 바그다드 대학에서 서양 철학과 프랑스 문학을 수학했고 현대 아랍 작가들의 의식에 관심을 보였다. 2001년 소설『파파 사르트르』에서는 1960년대 아랍 작가들을 비평했고 이 작품으로 2001년 바그다드 문학상과 튀니지의 아부 알 까심 상을 수상했다. 특히 독재 정권하 이라크 지식인의 모습을 작품에 담는 데 주력했던 그는 2002년『가족의 겨울』에서 1950년대 이라크 귀족들의 정치 부패를 다루었고, 2005년 『벌거벗은 축제』에서는 20세기 초 이라크 지식인이 처한 비상 상황을 다루었다. 그는 이어 『무뜨란 언덕에 이르는 길』을 발표했는데, 이 작품에서는 이라크 사회의 문제점을 조명하고 체제 붕괴를 예언한 바 있다. 바드르의 가장 대중적인 소설은 『폭동, 여성 그리고 침몰한 작가』로 1990년대 이라크 시인과 소설가들이 독재정권과 국제사회의 제재 하에 살아가던 소외된 삶이 그 주제였다. 2005년 발표작인 『한밤의 지도』는 그가 여행한 도시 이스탄불, 아테네, 알제, 테헤란을 중심으로 찬란한 역사와 현실의 모습을 작가의 시선으로 묘사했다는 평을 얻었다. 이 작품으로 2005년 기행문학의 최고 영예인 이븐 바뚜따 상을 수상했다. 최근 작품 『예루살렘 등불』에서는 에드워드 사이드의 삶과 사상을 조명했는데, 이 작품으로 아랍부커상 수상 후보에 오르기도 했다.

『한밤의 지도』는 프롤로그, 1장 이스탄불, 2장 아테네, 3장 알제, 4장 테헤란 그리고 에필로그로 된 아랍어 수필집이다. (번역서에서는 순서를 변경했다.) 계간 문학잡지 『아시아』에 2008년 여름호부터 4회에 걸쳐 일부가 번역 연재되었다. 『한밤의 지도』의 주인공은 끝내 이름을 밝히지 않는 1인칭 화자 '나'이고 작가 자신이다. '그랑바자르의 그림자에서'라는 부제가 있는 이스탄불 편에서 '나'는 이스탄불을 처음 방문한다고 말한다. 하지만 이 땅은 그 어떤 곳보다 더 잘 알고 있었던 것 같다는 소감으로 '이슬람 제국'이라는 아랍세계와 터키의 공통점을 건드린다. 그랑 바자르, 보스포루스 해변, 톱카프 궁전, 성 소피아 사원, 술탄 아흐마드 사원, 갈라타 탑 등으로 이어지는 '나'의 발걸음은 가벼운 여행자의 그것이다. '나'는 이스탄불 호텔에 도착하자마자 서툰 터키어를 사용했으나 실패한다. 터키는 백년도 훨씬 전부터 아랍어 문자 대신 로마자를 사용한다는 것을 몰랐다는 '나'의 독백은 터키에게 이슬람 제국의 영광은 과거형이고 현실은 로마자로 대변되는 서구를 향하고 있음을 알려준다. EU 가입을 오매불망하는 터키는 오스만 제국과 이슬람에 뿌리를 두었지만 현대 유럽국가의 일원이 되고픈 정체성을 보인다. 과거와 현실의 모순과 공존이라는 욕망은『한밤의 지도』전체를 꿰뚫는 키워드이다.

알리 바드르는 '나'가 되어 도시의 역사가 지닌 상처를 시인의 손길로 치유하려 한다. '나'의 관심은 도시의 역사와 현실 그리고 그 도시와 관련된 작가와 작품이다. '나'는 이스탄불에서 만난 친구들과 더불어 나딤 구르셀, 오르한 파묵과 같은 현대 터키 작가들의 작품을 논한다. '나'는 오르한 파묵에게 있어 이스탄불을 '격한 폭풍우의 장막을 걷어 제친 공간에 열정적으로 흐르는 제국주의의 역사'라고 규정한다. 이스탄불의 모든 장소는 예리하고 고집 세며 운명적이고 제국주의적으로 부각된다. '나'는 오르한 파묵의 텍스트를 판타지적 고대 철학과 보르헤스적 현대 정신이 섞여 있으며, 유럽의 이성과 이슬람 수피의 환각이 섞여 있는 마법이라고 말한다. 그의 작품『제브다트 씨와 아들들』,『샤흐라자데의 이야기』,『내 이름은 빨강』 등을 차례로 소개하며 '나'의 개인적인 감상과 오르한 파묵의 작품 세계를 교차시킨다.

『한밤의 지도』에서 시장은 카페와 더불어 중요 장소이다. 물론 그의 여행지가 대부분 시장과 카페 문화가 발달한 장소라는 것이 그 이유라면 이유이겠지만, 시장은 지역의 중심지이다. 상거래만으로 정의할 수 없는 그 무엇인가가 시장에는 있다. 결혼이나 정치 같은 삶의 바탕이 되는 곳. 소통과 관계가 이루어지는 곳이다. 고대 아랍 세계에도 시장에 사람들이 모이면 그곳에서 이야기가 문학으로 정체성을 획득했고 높은 건물에 비단 걸개를 걸고 금물로 시를 썼다. 지붕 아래의 바자르, 아주 오래된 통로에 펼쳐진 미로와 같은 상점들, 금 세공품으로 뒤덮인 길, 카펫 골목, 수공 그림이 있는 세라믹 장식품, 동판, 마법과 같은 선물들, 추억을 담은 기념품들이 눈앞에 펼쳐지고 천년도 더 된 향이 독자의 감각을 깨운다.

테헤란의 광장에서 '나'는 대형 관광버스를 발견한다. 미국과 영국인 관광객은 이란의 개혁정책이 낳은 첫 수혜자로 테헤란 방문을 선사받았다. 버스가 멈춰선 뒤편 커다란 판자에 이런 문구가 있다. "미국 망해버려라!". '나'와 동행한 이란 기자가 말했다. "이런 구호는 정말로 지긋지긋하다. 펩시콜라 선전보다도." 알리 바드르는 '나'의 시선을 통해 이란의 정치, 여성들의 인권, 알 루미, 우마르 알 카이얌, 하피즈와 같은 시인들 그리고 이븐 루시디, 압둘 카림 소루쉬와 같은 정치-철학자들을 언급한다. 그는 알 아무트 성채를 방문하면서 소설이 될 법한 이야기를 전한다. 천혜의 요새인 알 아무트 성채에는 전설이 있다. 암살단 두목 하산 알 사바흐는 요새 계곡에 술과 하쉬쉬 그리고 미녀들로 가득한 궁전을 지어놓고 청년들을 유혹해 하쉬쉬를 피우게 한 후 한번 맛본 향락의 대가로 적을 살해하도록 명령했다. 하쉬쉰(하쉬쉬 중독자들)이 암살자가 되었다는 이야기를 전한다. assassin이 암살자라는 의미를 갖게 된 연유이다.

『한밤의 지도』에는 고대 도시를 여행하는 '나'가 있다. 바다, 날씨, 낯선 곳을 보고 느끼는 '나'의 정취가 가볍게 느껴질 즈음 이스탄불, 아테네, 알제, 테헤란의 역사가 개입한다. 게다가 프랑스 초현실주의 작품이 순간 삽입되고 여행은 철학적 수행이 되는 경우가 종종 있다. 이 한 권의 책을 제대로 읽어내려면 주변 서적이나 독립된 부록이 필요할 지경이다. 그래도 '나'가 여행한 도시들은 우리에게도 충분히 매력적이다. 물론 『한밤의 지도』를 읽고 나서라면 그 매력은 배가 될 것이다.

알리 바드르는 여행을 이렇게 정의한다.

—여행은 여러 도시의 지도 위에서 한낮의 기쁨을 찾고 불분명한 경험 중에 탐욕적이고 세속적인 것이면 어떤 것에나 영향을 주는 장소를 찾는 것이다. 또한 여행은 근심이고, 떠나고 돌아오는 헤어짐이고, 물화를 위해 노래하는 시인으로 변화하는 차가운 대지이고 연속, 집중, 과밀 따위를 잘라버리고 여러 형상으로 파열하는 도시들이다.

■ 역자의 말

서양 철학과 프랑스 문학을 전공한 작가의 지적 향유는 너무나 방대한 것이어서 역자는 결국『한밤의 지도』에 인명사전을 첨부할 수밖에 없었다. 그는 낯선 곳으로의 여행이 주는 자유의 공기가 역자의 폐를 한껏 부풀렸을 때 불쑥 초현실주의 작가의 작품을 들이밀었다. 그의 지적 향유에 발맞추느라 역자는 한시도 긴장을 늦출 수 없었다.『한밤의 지도』는 진실을 바라보고 생각하고 말하는 아랍의 한 지성에게 우리를 안내해 줄 것이다.

책 뒤에 작가가 한국에서 발표한 바 있는 이라크 관련 원고를 부록으로 수록했다. 망명 작가의 신분으로 조국 이라크에서 지냈던 어린 시절을 회상한 글이지만, 바그다드 출신의 지식인 작가가 보여줄 수 있는 바그다드는 지금 정확히 그 지점에 있다.

한밤의 지도

2015년 11월 25일 1판 1쇄 찍음
2015년 11월 30일 1판 1쇄 펴냄

지은이 알리 바드르
옮긴이 김정아
펴낸이 김남일
편집 이호석, 박성아, 이승한
디자인 김현주
관리 · 영업 김태일, 채경민

펴낸곳 (주)실천문학
등록 10-1221호(1995.10.26)
주소 서울특별시 마포구 월드컵로10길 48 501호(서교동, 동궁빌딩)
전화 322-2161~5
팩스 322-2166
홈페이지 www.silcheon.com

ISBN 978-89-392-0745-5 03890

이 도서의 국립중앙도서관 출판시도서목록(CIP)은 e-CIP홈페이지(http://www.nl.go.kr/ecip)와
국가자료공동목록시스템(http://www.nl.go.kr/kolisnet)에서 이용하실 수 있습니다.
(CIP제어번호:CIP2015029375)